평안하시기를.
정은

우리는 우주의 모래 한 알.
햇볕 아래 서로에게 기대어 반짝이는
모래알들을 응원해요. ⁺✧   안 윤 드림

우리는 사랑하고 승리합니다!
우리의 우리됨을 기뻐하며 ♡

박서련 드림

지금 우리를 넘어뜨리는 이 파도는
언젠가 우리를 더 높이 들어 올려주리라 믿습니다.
MELLA 당신의 존재와 용기에 힘입어
김멜나 드림.

사랑을 이야기하고
사랑을 듣는 것만큼
중요한 게 또 있을까요?
　　　　　- 수진

더 많은 이야기를 기다려요 :)

김초엽

팔꿈치를 주세요

팔꿈치를 주세요

황정은

안 윤

박서련

김멜라

서수진

김초엽

차 례

올빼미와 개구리 • 황정은　　　　　　　　　7

모린 • 안윤　　　　　　　　　　　　　　39

젤로의 변성기 • 박서련　　　　　　　　　83

논리 • 김멜라　　　　　　　　　　　　　123

외출금지 • 서수진　　　　　　　　　　　161

양면의 조개껍데기 • 김초엽　　　　　　　197

올빼미와 개구리

친.

천지영이 창을 열었을 때 풍령에 달린 실이 끊어졌다.

바람 맞는 역할을 하는 헝겊 두 조각이 천지영의 이마를 스치고 바닥으로 떨어졌다. 무명베처럼 얇은 조각들이었다. 천지영은 이마를 문지르며 서 있다가 허리를 구부려 헝겊을 주웠다. 청색과 미색(米色) 조각, 둘 다 색이 바랬고 가장자리 올이 풀려 있었다. 풍령에 연결된 실이 낡아 끊어진 것 같았다. 오래된 물건이니까. 천지영은 헝겊을 코에 대고 서서 창밖을 바라보았다. 플라타너스가 몇 그루 자라는 좁은 놀이터에 미끄럼틀과 그네가 빈 채로 여름 햇볕을 받고 있었다. 나뭇가지를 흔들고 흙을 일으킨 바람이 창가로 불어왔으나 탁설(鐸舌)만 남은 풍령은 움직이지 않았다.

 천지영은 창을 모두 열어 엿새 내내 실내에 갇혀 있던 공기를 내보내고 바람을 들였다. 병원에서 챙겨 온 세탁물을 세탁기에 넣고 청소기를 천천히 밀어가며 먼지를 빨아들인 뒤 갈아입을 옷을 들고 욕실로 들어갔다. 물기가 마른 타일 바닥에 맨발로 서 있다가 브러시를 집어 머리를 여러 번 빗었다. 빗살에 낀 머리카락을 툭툭 뜯어내면서 김지금은 매번 이렇게 하지 않아서 빗을 북적이게 만들어두곤 했다, 하고 천지영은 생각했다. 브러시에 감긴 머리카락을 없애는 건 두 사람 살림에서 주로 천지영이 하는 일이었다. 김지금은 일과를 마친 뒤 녹초가 되어서야 씻으러 들어갔다. 욕실은 그가 가장 방심하고 멍한 채로 있는 장소였고 그래서인지 김지금은 머리를 감거나 샤워를 한 뒤 거름망이나 브러시에 감긴 머리카락을 종종 내버려두었다. 다른 사람이 그렇게 했다면 질색을 하고 손도 대기 싫었을 텐데 천지영은 김지금의 것은 아무렇지도 않았다.

 미지근한 물로 머리를 감고 몸을 씻자 그것만으로도 좀 편안해졌다. 천지영은 허기를 느끼고 수건을 목에 두른 채 부엌에 서서 달걀을 두 개 부쳤다. 굵은 소금을 집어 습관대로 한 개엔 소금을 뿌리고 다른 한 개엔 뿌리지 않았다가 손가락에 남은 소금을 마저 뿌렸다. 싱크대 앞에서 달걀부침 두 개를 먹고 입에 남은 소금을 씹으며 팬을 닦아 제자리에 두었다. 오후 내내 햇볕이 드는 자리에 빨래를 넌 뒤 달리 치울 것이 있는지, 더 챙길 것은 없는지 천지영은 생각했다.

집을 도로 나서기 전에 천지영은 반짇고리를 꺼내 실을 적당한 길이로 잘랐다. 의자를 딛고 서서 풍령을 떼어냈다. 실을 꿴 헝겊을 탁설에 묶어 늘어뜨린 뒤 풍령을 제자리에 걸고 지켜보았다. 미풍에 헝겊이 흔들렸다. 조금 더 강한 바람이 불자 친, 하고 풍령이 울렸다.
청동 올빼미였다.
손가락 두 마디 크기로, 작은 물건이었다.

천지영과 김지금은 20년 전에 교토 비탈길에 있던 완구점에서 그 풍령을 샀다. 색종이와 사탕과 옻칠을 한 젓가락과 엽서와 빨간 지지미천으로 만든 지갑이며 색색의 장식품과 장난감을 파는 완구점이었다. 무더운 날에 땀을 흘리며 계단을 내려가다가 친, 하는 소리를 듣고 고개를 들어보니 완구점 처마에 그게 걸려 있었다. 무슨 모양인지도 모르고 소리가 좋아 천지영은 그걸 집에 가져가고 싶었다. 창가에 달아 더운 날 흔들리는 걸 보고 싶었다. 같은 걸 달라고 말하자 앞치마를 두른 완구점 주인이 고개를 끄덕이며 가게 안으로 들어갔다가 잠시 후에 풍령을 들고나왔다. 장식 끈을 덧붙인 마분지 상자에 풍령을 담아주며 그는 후쿠로오, 후쿠로오, 하고 말했다.

올빼미라는 뜻이야.

상자를 받아 비탈을 마저 내려가며 김지금은 말했다. 숙소로 돌아가 꺼내 보고서야 올빼미 모양이라는 것을 알았다. 색이 어두워 그냥 종(鐘)이나 치마 모양으로 보았는데 둥근 눈과 짧은 부리가 청동 방울에 음각되어 있었다. 20년 전에 그들은 그걸 가지고 집으로 돌아왔고 이사를 다닐 때마다 잘 챙겨 새로운 거주지 창가에 달아두었다. 처음엔 잘 봐야 눈과 부리가 구분될 정도로 어둡고 진한 초콜릿색이었는데 그간 산화되어 밝고 푸른 기가 돌았고 덕분에 눈과 부리가 잘 보였다. 이제는 잘 보지 않아도 올빼미로 보였다. 천지영과 김지금은 그들의 첫 해외여행 기념품으로 그걸 사서 집에 돌아온 해에도 그전에도 둘이 살았고 그게 올해로 29년째였다.

29년.

살림을 합쳐 산 시간이 서로를 모르고 살던 시간보다 길어지는 동안 그들은 늙은 개를 길렀고 개가 죽은 뒤엔 고양이를 두 마리 길렀다. 어릴 때부터 기르던 개가 죽었을 때 천지영은 한 해가 넘도록 지속된 펫로스 증후군을 겪었고 그 때문에라도 다시는 동물을 집에 들이지 않겠다고 말하곤 했지만 태풍이 몰아친 날에 3층 계단참까지 올라와 웅크리고 있던 빼빼 마른 새끼 고양이들을 발견하자마자 두 손으로 떠 안아 집으로 데리고 들어갔다. 그게 뭐냐고 묻는 김지금에게 오므리고 있던 양손을 조금 열어 보이자 김지금은 서둘러 타월을 펼쳐 고양이들을 받았다. 그날 천지영은 신문지와 종이 타월을 잘게 찢어 고양이들이 사용할 간이 화장실을 만들면서 고양이들이 죽을 무렵이면 우리 나이가 거의 50대에 이를 테고 사람이 50대쯤 되면 반려동물의 죽음을 더 잘 감당할 수 있지 않을까, 하고 김지금에게 말했다. 우리가 그때엔 더 성숙한 태도로 죽음에 반응할 수 있지 않을까, 그때쯤엔 충분히 어른일 테니까, 그렇지 않을까?

천지영은 전철 플랫폼에 꼿꼿하게 서서 열차를 기다리며 20여 년 전에 그런 생각을 했다는 것을 가만히 생각했다. 고양이들은 17년과 19년을 살았다. 마지막 고양이는 재작년에 죽었다. 두 번째 고양이의 죽음을 겪으면서 천지영과 김지금은 어떠하다고 서로 말하지는 않았지만 그게 끝이라는 걸 알았다. 다시 20년 뒤라도, 그걸 더 잘 감당할 수는 없을 거라는 걸. 더는 없을 거라고 그들은 각자 생각했다. 재작년에 죽은 고양이가 그들의 마지막 반려동물이었다.

천지영은 얇은 모자를 말아 손에 쥐고 전철 좌석에 앉아 건너편 창으로 바깥을 바라보았다. 열차가 플랫폼에 서고 문이 열릴 때마다 뜨거운 바람이 불어 들어왔다. 아시아와 유럽의 여름 기온이 예사롭지 않도록 상승한 해였다. 프랑스 남부를 46도까지 달군 고온의 공기가 천천히 유럽을 휩쓸며 북쪽으로 올라가 그린란드에 이르렀고 기후학자와 환경운동가들은 그해 여름과 가을 사이 유래가 없을 정도로 많은 양의 빙하가 녹아 사라져버릴 것이라고 경고한 해. 천지영은 전철역을 나서기 전에 모자를 펼쳐 머리를 덮고 양지로 나섰다. 병원 근처 그늘에 견과류와 야채 칩과 말린 과일을 파는 노점이 열려 있었다. 천지영은 그 앞에 서서 판매대를 내려다보다가 잣과 말린 망고, 대추야자를 작은 봉지로 한 개씩 샀다. 망고는 내가 먹고 잣은 나중에 음료에 띄워 먹고 대추야자는 김지금이 먹고. 그런데 김지금이 대추야자를 먹어도 될까. 대추야자는 지금 김지금의 몸에 괜찮은가 해로운가, 그런 것을 생각하며 천지영은 서늘하게 그늘진 병원 로비를 가로질렀다.

3개월 전에 천지영은 퇴근해 돌아온 김지금과 달걀볶음밥을 만들어 먹었다. 달군 기름에 파를 볶고 계란과 밥을 볶고 마지막에 맛간장을 한 스푼 넣고 비비듯 볶았다. 쌀을 두 컵 사용했는데 천지영이 한 공기를 먹었고 김지금은 한 공기 반을 먹었다. 다 먹고 나니 9시가 넘은 시간이었다. 천지영은 새로 구입한 원두로 커피를 내릴 테니 먹어볼 테냐고 김지금에게 물었고 커피나 음료를 즐기는 편이 아니라서 권해도 사양하곤 하는 김지금은 그날 웬일로 흔쾌히 먹자고 대답했다. 밤 10시가 되어가는데 커피 두 잔을 진하게 내려 식탁 앞에 마주 앉았다. 방금 씻어 물기를 말리느라고 엎어둔 팬, 천지영이 수업하는 데 사용하는 책 몇 권, 커피를 내리는 데 사용한 주전자와 드립 서버, 김지금이 주머니에서 꺼내 구겨둔 종이 쪼가리가 식탁에 올라와 있었다.

 첫 모금을 마시고 김지금은 오전에 병원에 다녀왔다고 말했다. 천지영은 컵에서 입을 떼면서 아침 6시가 조금 넘은 시간에 김지금의 침대가 빈 것을 보고 오늘은 조금 이르게 나갔나, 하고 생각한 순간을 생각했다.

 김지금은 산부인과 전문병원에 다녀왔고 지난 몇 달 동안 지속된 핏가루의 원인을 듣고 왔다, 진단을 받고 왔다고 조용히 말했다.

 뭐가 많다고.

 꽤 크다고.

 가장 큰 것이 12센티미터.

 김지금의 아랫배가 언제부터인가 볼록해진 것을 천지영은 알고 있었다. 운동 부족과 노화가 원인일 거라고 그 배를 톡톡 두드리곤 했는데.

병원에 다녀왔다는 말을 들었을 때부터 천지영은 김지금의 얼굴에서 눈을 떼지 않았고 뭐가 많대, 하고 김지금이 말했을 땐 저도 모르게 하, 하고 얼굴을 찡그리며 웃었다. 천지영은 얼굴 복판을 꼬집힌 것처럼 미간과 콧등이 구겨진 것을 느꼈고 이런 얼굴을 김지금에게 보이면 안 된다고 생각했다. 이렇게 겁먹은 얼굴을 김지금에게 지금.

천지영은 김지금이 구겨서 식탁에 올려둔 종이 뭉치를 손으로 끌어당겼다. 주유 영수증이었다. 천지영은 거기 적힌 금액과 날짜와 전화번호 등을 골똘히 바라보며 구김을 펴고 영수증 아랫부분을 접어 삼각형이 되도록 만들었다. 반대편으로도 접어 한 번 더 삼각형을 만든 뒤 아랫부분을 가로로 접어 찢어내고 정사각형으로 남은 종이를 다시 펼쳤다가 접고 다시 접었다.

김지금은 눈에 띄는 근종이 세 개 있고 건드리기 어려운 위치에 숨겨진 것도 하나 있다는데 그것 때문에라도 적출을 생각하고 있다고 말했다. 어차피 재발할 수도 있다고 하니까.

재발할 수 있대?

응.

그러면 그게 낫겠다고 천지영은 서둘러 답하려다가 아는 게 없다는 생각에 말문이 막혔다. 지금아 우리가 너무 무지하다, 너의 장기를 없애도 될까, 몸 속에 있는 장기를 아예 없앤다는 선택을 너와 내가 이렇게 얼른 해도 괜찮은 걸까. 천지영이 말하자 그래도 선택을 해야 한다고 김지금은 답했다. 근종만 떼어내고 재발 가능성을 감당하든가, 적출을 하고 부작용 가능성을 감당하든가.

혼자서 여러 번 생각한 듯 김지금은 말할 때 차분했고 태도가 조용했다. 천지영이 접는 법을 잊은 바람에 학도 되지 않고 거북이도 되지 않은 접은 종이가 뾰족하게 곤두선 채 천지영의 손앞에 놓여 있었다. 그걸 바라보면서 천지영은 김지금이 지금 어느 쪽을 선택해야 할지를 묻는 것이 아니고 선택에 동의를 구하는 거라고 생각했고 서운하고 서글퍼 다시 얼굴이 구겨졌다. 천지영은 대답할 수 없었다. 아무것도 아는 게 없어 어느 쪽을 택하는 벼랑에서 뛰어내리는 일 같았다. 침묵을 지키며 앉아 있다가 한 번 더 묻자고 천지영은 말했다. 같이 가서 다시 물어보자.

뭐 다를까.

그래도 자세히 들어야지 내가.

그날 천지영과 김지금은 김지금이 다녀온 병원과 수술 비용에 대해 짤막하게 대화를 나눴고 각자의 침대로 들어갔다. 몇 번 이불을 부스럭거리더니 김지금은 어려운 과제를 해낸 사람처럼 바로 잠들었다. 천지영도 어느 날보다 빠르게 잠들었다. 어둡고 무거운 꿈을 꾸었다.

김지금이 첫 진단을 받은 병원은 그들이 사는 도시에서는 산부인과 전문으로 유명한 병원이었다. 천지영과 김지금은 부드러운 천을 씌운 원목 의자들이 나란히 놓인 대기실에서 젊은 여성과 산모들 사이에 앉아 있다가 이름 부르는 소리를 듣고 진료실로 들어갔다. 김지금의 몸에서 근종들을 발견한 의사는 조그만 콧잔등에 얇은 유리알 안경을 걸치고 있었다. 결정하셨어요? 김지금의 차트를 확인한 그가 깔끔하고 밝은 목소리로 물었다. 한 번 더 의견을 들으러 왔다고 천지영이 대답하자 그는 환자와 보호자를 흘끗 보더니 의견이 뭐가 더 있지는 않은데? 하고 말꼬리를 올리며 모니터에 뜬 초음파 사진 몇 군데를 펜으로 딱 딱 짚어 보였다. 여기, 여기, 여기. 막상 열면 뭐가 더 있을 수도 있고. 연세 많으신 분들은 근종이 있어도 그대로 두는 경우가 있지만 어머니 건 크기가 커서 어느 쪽이든 수술은 하셔야 돼. 부작용? 글쎄. 이제 쓸 일은 없을 테고. 결정만 하시면 돼요.
다음에 오실 때 결정해서 오세요?
천지영과 김지금이 그다음에 찾아간 병원은 그들이 사는 도시에서 전철로 30여 분 거리인 신도시에 있었다. 이 병원에서 그들이 만난 의사는 심란한 형태로 꼬인 벽조목 공예품이 걸린 진료실에서 그들을 맞았다. 천지영과 김지금이 첫 병원에서 촬영한 초음파 사진을 내밀자 그는 그런 건 필요 없다고 자기는 직접 봐야 한다며 손을 내저었다. 그는 진료실 한쪽에 붙은 초음파 기기로 근종들의 모양과 크기를 가늠하더니 개복 없이 몇 군데 절개만으로도 수술이 가능하다고 말했다. 김지금과 천지영은 그의 거만한 태도가 불편했지만 그들은 결국 그를 선택해 수술 날짜를 잡았다. 그가 쓸모를 입에 올리지 않았고 그들이 들른 첫 병원에서 찾아내지 못한 근종을 하나 더 찾아냈기 때문이었다.

김지금은 목요일 밤에 입원해 금요일 오후에 수술을 받았다.
마취실로 들어가는 김지금을 배웅한 뒤 천지영은 엘리베이터를 타고 수술실 앞으로 내려갔다. 밝은색 가구와 그림을 갖춘 대기실엔 먼저 도착한 보호자들이 분만 소식을 기다리고 있었다. 천지영은 그들이 차례차례 떠나가고 다른 가족들이 새롭게 당도했다가 다시 떠나가는 동안 그들 사이에 앉아 있다가 뒷짐 진 채로 보호자들 사이를 돌아다니며 며느리냐 딸이냐를 묻는 노인을 피하고 숨도 크게 쉴 겸 대기실 바깥으로 나왔다. 근처를 서성이다가 복도에 놓인 둥근 탁자 앞에 앉았다. 두 개의 병동을 잇는 복도 같은 곳으로 수술실 출입구가 보이는 자리였다. 오른쪽으로는 실내 정원을 향한 통창으로 대나무들이 자라는 화단이 보였고 왼쪽으로는 목재 난간 너머로 1층 로비가 내려다보였다. 천지영은 깍지 낀 손을 탁자에 올린 채 산모와 아기를 보러 온 방문객들이 더위 탓인지 기대감 때문인지 상기된 얼굴을 하고 로비로 들어서는 광경을 바라보았다. 위민스 호스피털(Women's Hospital). 기둥에 세로로 걸린 현수막에 적힌 병원 이름을 골똘히 읽다가 대기실에서 들고나온 잡지를 펼쳤다.

천지영은 잡지를 읽으려고 노력했지만 실은 탁자로 드리워진 대나무 그림자를 보았고 바싹 마른 댓잎 그림자들이 천천히 탁자를 건너 잡지 위로 올라가는 것을 보았다. 한순간 햇빛이 천지영의 얼굴을 가로지르며 갈색 눈 속을 투명하게 비췄는데 천지영은 밝은빛 속에 가만히 눈을 뜬 채로 앉아서 아무것도 아는 게 없다는 생각을 반복해 했다. 오늘 저녁을 생각할 수 없었고 내일을 생각할 수 없었다. 그래서 천지영의 생각은 자꾸 과거로 돌아갔다. 그들의 개, 옹식이가 너무 늙어 더는 침대로 뛰어오를 수 없다는 걸 개와 동거인들이 동시에 깨달은 밤, 요고의 정수리와 조고의 뒷다리에만 엿보이듯 번져 있던 선명한 재색 줄무늬, 주차장에서 김지금이 천지영의 뒤꿈치를 향해 무심코 카트를 밀어 남긴 상처, 통증, 장례식장에서 먹은 떡들과 가볍게 갈라져 아무렇게나 뒹구는 나무젓가락들, 식사를 하셨느냐고 물어도 대답 않고 고개를 돌리던 집안 어른들, 지금은 연락이 끊어져 어떻게 사는지 소식을 알 길 없는 사람들, 이름들, 고모들.

  천지영은 어렸을 때 고모들과 살았다. 천지영은 그들을 한 고모와 두 고모라고 불렀다. 빛 바랜 달리아가 덤불처럼 자라는 마당 구석에 딸린 셋방에서, 의무교육이 시작되기 전까지 약 3년간, 그들이 천지영을 돌보았다. 천지영은 그들의 부엌과 천장 높은 방을 기억했다. 한 고모는 옅은 주근깨로 덮인 얼굴에 눈이 길고 가늘었으며 두 고모는 눈이 크고 부리부리했다. 천지영은 양장 일을 하는 두 사람이 재봉틀을 돌려 만든 옷을 입었고 그중에 어떤 것은 여전히 손가락 사이에 있는 것처럼 촉감을 기억했다. 오톨도톨하고 시원한 지지미 치맛단, 부드럽고 폭신한 코듀로이 멜빵바지.

  싸움을 거듭하다가 그 방에 천지영을 맡겨두고 사라진 천지영의 부모는 천지영이 여덟 살 되던 해에 국민학교 입학통지서를 받아 들고 신경질을 내며 천지영을 데리러 왔다. 오빠 둘이 이미 난장판으로 사용하고 있는 방에 떠밀려 들어갔을 때 천지영은 고모들이 만든 옷을 입고 있었고 고모들이 만들어준 베개를 안고 있었다. 천지영은 그 뒤로 고모들의 소식을 잘 들을 수 없었다. 그들은 수년 뒤 미국으로 이민을 갔다. 나중에 어른이 되어서야 다른 친척들과 부모가 나누는 대화로 그들이 미국에서 '헤어졌다'는 소식을 들었다. 한 고모는 한 고모보다 다섯 살 많은 남자를 만나 결혼했다. 두 고모는 세탁소를 열었다고 했다.

천지영은 고모들이 식사를 준비하는 모습을 기억했다. 어린 천지영이 짧은 다리를 부엌 쪽으로 늘어뜨린 채 문간에 걸터앉아 있는 동안 고모들은 좁은 부엌에 나란히 서서 저녁으로 먹을 음식을 만들었다. 한 사람이 양파 껍질을 벗기고 물에 씻어 건네면 다른 사람이 양파를 받아 썰었다. 파와 두부도 그렇게 건네고 받고 찌개 간을 서로 확인하고 밥을 공기에 덜어가며 그들은 조용조용 대화했다. 저녁을 먹기 직전엔 천지영까지 셋이서 손을 잡고 고개 숙인 채 기도를 했다. 눈을 꼭 감은 고모들의 얼굴이 너무 간절해 보여 천지영은 눈을 떴다가도 감고 다시 떴다가 감으며 기도가 끝나기를 기다렸다. 참으로 긴 기도였다고 천지영은 이제 와 생각했다. 고모들은 저녁마다 무엇을 그렇게 간절하게 바랐을까.

천지영은 김지금 환자의 보호자를 찾는 간호사의 목소리를 듣고 탁자 앞에서 일어났다. 수술 예상 시간을 한 시간하고도 반 정도 넘긴 시각이었다. 천지영은 간호사의 안내를 받아 수술실 앞에 서 있다가 불투명한 유리문을 열고 나온 의사를 향해 다가갔다. 수술실에서 곧장 온 듯 그는 녹색 수술복 차림에 수술용 두건을 썼고 마스크를 한쪽 귀에 늘어뜨린 채 녹색 천으로 덮은 상자를 옆구리에 끼고 있었다. 그가 창백하게 질린 얼굴을 하고 천지영을 향해 물었다.

김지금 씨 보호자?

네.

동생?

천지영은 무작정 고개를 끄덕여 네, 하고 답했다. 생각보다 까다로웠다고 의사는 미간을 찡그리며 말했다. 근종을 작은 조각으로 자르는 데 시간이 오래 걸렸다, 어려웠다, 어려웠다고 자꾸 덧붙이면서도 수술은 잘 끝났고 환자가 곧 나올 거라고 그는 말했다. 볼래요? 천지영은 김지금을 보겠느냐고 묻는 말인 줄 알고 황급히 고개를 끄덕였고 이윽고 그가 내민 상자 속을 들여다보았다.

지금아.

지금아.

지금아 눈 떠.

천지영은 침대로 몸을 기울인 채 김지금을 향해 말했다. 마취에서 막 깨어난 김지금은 홑겹 시트가 깔린 침대에 누운 채 통증 때문에 몸을 비틀면서도 자꾸 눈을 감고 자려고 했다. 계속 자려고 할 텐데 크게 숨을 쉬어야 하니까 깨워야 한다고 간호사가 일렀으므로 천지영은 쉴 새 없이 김지금을 불렀다. 김지금, 김지금. 차가운 손발을 문지르고 어깨를 두들기고 손가락을 모아 뺨을 두들기며 불러도 김지금은 좀처럼 크게 숨을 쉬려고 하지 않았다. 김지금의 침대가 놓인 병실은 6인용 병실이었다. 여섯 개의 침대 중 두 개가 비었고 나머지 침대엔 제왕절개로 출산을 하려는 산모와 출산을 하고 돌아온 산모들이 누워 있었다. 천지영은 공기청정기 돌아가는 소리만 나는 조용한 병실에서 자꾸만 눈을 감으려 하는 김지금을 흔들어 깨우고 부르다가, 다들 쉬는데 미안해요, 하고 말했다. 커튼 너머에서 괜찮아요, 괜찮아요, 하고 조그만 목소리로 대답이 돌아왔다.

김지금.

눈 떠.

자지 말고 눈 떠.

그렇다고 이름을 그렇게 부르냐고, 김지금은 의식을 완전히 회복하고 나서 한숨을 쉬었다. 병실 사람들이 이제 자기 이름을 다 알 것 아니냐며. 이름 말고 너를 뭐라고 불러, 하며 천지영은

복숭아 통조림을 따서 종이컵에 시럽을 따라 건넸다. 그렇게 한두 번 불렀을 때 눈을 반짝 뜨지 그랬어. 김지금은 마르고 갈라진 입술을 컵에 대고 두어 모금 마신 뒤 조금씩 몸을 움직여 도로 누웠다. 그게 쉽지가 않았단 말이야. 베개에 머리를 댄 채 천장을 향해 눈을 깜박이고 있다가 김지금은 영화 이야기를 했다. 〈프로메테우스〉에서 말이야.

닥터 쇼가 말이야, 자기 배를 직접 갈라서 에이리언을 끄집어내잖아?

그래.

그리고 바로 움직이잖아.

그래.

그거 불가능해.

불가능해?

응.

김지금은 고개를 끄덕이더니 다시 내저으며 가능하지 않아, 하고 말했다.

미래 진통제는 지금보다 효과가 좋을 건가 보지.

아냐.

아냐?

가능하지 않아, 가능할 수 없어 미래에도.

에이리언이 쫓아와도?

응, 하고 김지금은 고개를 끄덕였다.

천지영은 모자를 쓴 채 밝은 복도를 걸어갔다. 모자로 덮인 머리에서 땀이 한두 방울 관자놀이 쪽으로 흘러내렸다. 복도를 채운 공기는 서늘했지만 햇빛을 받고 있는 창들이 열기를 뿜고 있었다. 벌써 이 정도로 기온이 올랐으니 오늘도 종일 무더울 것이고 이 정도면 밤이 되어도 유리가 식지 않을 것이다. 유리가 식지 않으면 밤새 집이 후끈할 텐데, 창을 조금 열어두고 나올걸 그랬다고 천지영은 생각했다. 마지막 순간에 잠깐 고민하다가 아무도 없는 집에 풍령이 자꾸 울릴 것을 생각해 닫아두었는데 말이야. 천지영은 누군가가 복도에 내놓은 꽃바구니를 지나쳐 병실로 들어섰다. 가운데 놓인 침대 부근이 소란스러웠다. 어제 산후조리원으로 옮긴 산모의 자리에 새로운 산모가 들어온 모양이라고 천지영은 짐작했다. 남편과 시모와 아마도 시고모들. 침대를 둘러싸고 부산스럽게 움직이는 가족들 사이로 시트를 덮고 앉은 산모의 둥근 얼굴과 불안한 듯 이리저리 움직이는 검은 눈이 보였다.

천지영이 김지금의 침대를 둘러싼 커튼을 젖히고 들어서자 강영은이 보호자용 침상에 구부정하게 앉아 있다가 고개를 들었다.

이모.

천지영은 모자를 벗었고 강영은은 자리에서 일어났다. 왔냐고, 왔다고, 인사가 오가는 와중에 그들은 비좁은 자리에서 껴안듯 서로를 스쳐 자리를 바꿨다. 천지영이 안쪽으로 들어가고 강영은이 바깥쪽에 앉았다. 천지영은 김지금이 건넨 손수건을 받아 땀에 젖은 머리카락과 이마를 닦았다. 미역국과 달걀말이와 무채무침 냄새가 병실에 남아 있었다.

지금 이모 점심 먹었어요.

먹었어?

응.

근데 혼나야 돼. 아주 조금 먹었어.

왜 조금 먹었어.

맛없대.

우리 며느리가 한국인이 아니에요, 하고 커튼 너머에서 노인이 말했다. 며느리가 그래서 말귀를 잘 못 알아들을 거라고 설명하는 그에게 보호자가 너무 많다고 간호사가 설명하고 있었다. 병실에 가족이 이렇게 많이 모이면 다른 산모에게 방해가 될 수도 있으니 산모를 보러 올 때는 가급적 적은 인원으로 방문하시고 보호자는 한 분만 남아도 된다고 간호사가 말하는 동안 노인은 그럴 거라고, 자기 아니면 자기 아들이 늘 있을 거라고 반복해 대꾸했다. 말이 통하질 않아서 쟤를 혼자 둘 수 없어요, 쟤가 한국인이 아니에요. 강영은은 오른손으로 왼손 엄지를 쥐었고 천지영과 김지금은 그들의 조카가 그렇게 하는 것을 지켜보았다.

여긴 다른 세상 같다고 강영은은 말했다.

출산율이 그렇게 낮다는데, 아기 낳으러 온 사람이 이렇게 많아 이모.

그래.

출산율 어쩌고는 다 거짓말 같아.

여긴 그런 병원이니까.

강영은은 왼손 엄지를 입가로 들었다가 손톱으로 입술을 지그시 누른 뒤 도로 내렸다. 강영은에게는 왼손 엄지를 씹는 버릇이 있었다. 어릴 때부터 씹어서 손톱과 손가락 모양이 조금 비틀려 있었고 강영은은 그걸 숨기느라고 오른손으로 왼손 엄지를 쥐었다. 만만하게 볼 사람도 있을 거라고 천지영은 생각한 적이 있었다. 자물쇠처럼 꼭 닫힌 저 자세를, 얌전하고 다소곳하고 만만한 성격으로 볼 인간도 분명 있을 거라고.

천지영과 김지금은 강영은의 부모가 파산해 죽을 결심을 했을 때, 그 이후로 잠깐 강영은을 맡아 돌보았다. 그들이 밤에 느닷없이 나타나 아이를 맡기고 갔다. 천지영과 김지금은 자다 말고 당황한 채로 아이의 얼굴만 보고 있다가 강영은에게 밥을 먹었느냐고 묻고 김을 구워 밥을 먹였다. 강영은이 밥을 절반도 먹지 않았는데 부모가 다시 찾아와 아이를 내놓으라고 문을 두들겼다. 둘 다 술에 취했고 눈물로 얼굴이 젖어 있었다. 천지영과 김지금은 머리털이 곤두서서 아이를 내줄 수 없다고 버텼다. 강영은의 부모는 몇 번 하소연을 하다가 맥이 빠진 듯 강영은을 그 집에 두고 갔고 그날 밤 치사량에도 미치지 못하는 수면제와 진통제를 쓸어 먹고 병원으로 실려 갔다. 그들이 그 법석을 다 치르고 파산을 받아들여 최소한의 대책을 마련해 적응할 때까지 천지영과 김지금이 강영은을 데리고 있었다.

옹식이가 아직 있을 때였다. 늙고 눈먼 개가 강영은을 좋아했다.

강영은은 천지영이 볼썽사납다고 질색하는 자기 부모에게 돌아간 뒤에도 이따금 피신하듯 두 사람 집으로 와서 자고 갔다. 방학 내내 머물며 청소며 요리를 거들기도 하고 시험 기간에도 와서 공부를 했다. 강영은이 손가락을 입에 넣는 버릇을 어른이 되어서야 없앴다는 걸 천지영과 김지금은 알고 있었다. 아주 없애지는 못한 것 같았다. 천지영은 옆 침대에 누운 산모의 침묵과 자기들끼리 그를 애, 재, 하고 칭하며 나누는 가족의 대화를 찌푸린 얼굴로 듣고 있는 강영은을 가만히 바라보았다. 커튼 너머로 머리를 쏙 내민 노인이 말없이 앉은 세 사람을 보고 흠칫 놀란 얼굴을 하고 물러났다.

이모.
나 이제 가야겠다, 하며 일어서는 강영은을 천지영이 따라나섰다. 산후조리원으로 연결된 복도를 걸어갔다. 찰칵, 하고 1인실 문이 조용히 열리더니 여름 정장을 입은 젊은 남자와 원피스에 모슬린 카디건을 걸친 젊은 여자, 그리고 세련된 스타일로 머리를 다듬은 노부부가 피주머니를 찬 산모의 배웅을 받으며 나왔다. 흡족한 기색으로 산모에게 인사를 건네는 그들 곁을 지나쳐 엘리베이터 앞에 섰다. 한참 만에 도착한 엘리베이터엔 환자복을 입은 산모와 보호자로 만원이었다. 공허하게 열렸다가 도로 닫히는 엘리베이터를 내려보낸 뒤 다시 기다렸다. 이모, 사람들은 뭘 믿는 걸까, 하고 강영은이 중얼거리듯 말했다.
뭘 믿고 이렇게 아이를 낳고 사는 걸까.
사랑을 믿지.
천지영은 강영은의 얼굴이 일순 일그러지는 것을 보았다. 강영은이 천지영을 향해 돌아서더니 탐색하는 것처럼 얼굴을 들여다보았다. 천지영은 자기를 바라보는 강영은의 안색에서 혐오도 아니고 동정도 아니고 힐난도 걱정도 아니며 그 모든 것이 조금씩 섞인 것 같기도 한 기색을 보았다. 한심하게 여기는 것 같기도 했다. 강영은은 이모, 하고 부르며 두 손을 들어 천지영의 뺨에 댔고 덧붙이는 말도 없이 잠시 그러고 있다가 손을 뗐다.

강영은의 손이 뺨을 쓸고 내려갈 때 그 손이 쓸어내는 것처럼 쓸려나가는 것이 있었고 천지영은 그 때문에 겁이 더럭 났다. 심장을 누가 잡아당기기라도 하는 것처럼 박동이 문득 느려졌다. 강영은은 벌써 다른 생각을 하는 듯 간호사 데스크 쪽을 돌아보고 있었다. 엘리베이터는 좀처럼 열리지 않았다.

이모 나 가요.

엘리베이터 앞에서 강영은을 배웅한 뒤 천지영은 병실 쪽으로 걸음을 옮겼다. 걷다가 피곤해 가까운 의자에 앉았다. 에어컨디셔너의 냉기도 닿지 않을 만큼 햇빛이 직사로 쏟아지는 자리였다. 소파를 감싼 패브릭이 이미 뜨거웠고 가늘고 단단한 원목 손잡이도 뜨거웠다. 천지영의 등과 목덜미가 바로 뜨거워졌다. 살갗을 쏘는 듯한 햇빛을 받으며 천지영이 그렇게 앉아 있는 동안 손으로 허리를 짚은 산모와 그의 보호자인 남자가 산모에게 연결된 링거를 돌돌 밀며 천지영의 앞을 몇 번이고 지나갔다. 산책 삼아 복도를 도는 것 같았다. 그들이 다섯 번째로 지나갈 때 천지영은 그들이 나누는 대화를 들었다. 그 아기를 봤느냐고 그들은 감탄하듯 서로 묻고 있었다. 그 집 애기는 왜 그렇게 못생

겼어? 돼지 같아.

원숭이 같고.

뚱뚱해.

김지금을 수술한 의사는 회진을 돌다가 천지영을 만나기만 하면 언니 수술이 무척 어려웠다, 어려운 수술이었다고 얼굴을 찡그리며 공치사를 했지만 정작 김지금에게는 한 번도 그런 내색을 하지 않았고 천지영은 그의 그런 점이 마음에 들었다. 저녁에 병실에 들른 그에게 이튿날 퇴원해도 좋다는 확인을 재차 받고 천지영은 오전에 퇴원할 수 있도록 짐을 정돈했다. 빨랫감을 색에 넣어 머리맡에 두고 보호자용 침상에 걸터앉은 채 생각에 잠겼다.

무엇을 생각하느냐고 김지금이 물었다.

천지영은 고개를 들고 김지금을 보았다. 내내 입어 구겨진 환자복이 김지금의 어깨에 헐렁하게 걸려 있었다. 예전보다, 아주 예전보다 목이 가늘어 보였다. 여러 사람과 여러 번의 세탁을 거친 환자복은 색이 바랬고 김지금의 팔에 연결된 링거 줄엔 주삿바늘에서 역류한 핏방울이 몇 점 번져 있었으며 김지금의 손목엔 어떻게 떼어낼지 천지영으로선 엄두도 나지 않도록 겹겹으로 반창고가 붙어 있었다. 천지영은 입을 다문 채 연인을 바라보았다.

무엇을 생각하느냐고?

기도를 생각해.

강영은을 생각해.

부끄러움을 생각하고.

사랑을 믿는다고, 내가 어떻게 단숨에 말할 수 있었는지를 생각해.

지금아.

오래전에 천지영과 김지금은 비탈길을 내려가다가 올빼미 풍령을 샀고 거기서 얼마쯤 더 내려가다가 비좁고 어두운 가게를 발견했다. 도자기 인형을 파는 가게였는데 손가락 한 마디보다 조금 크거나 그보다도 작은 정도로 작고 얇은 도자기 인형들이 낡은 선반에 와글와글 모이듯 진열되어 있었다. 모양과 자세와 표정이 조금씩 다를 뿐 대부분 고양이, 개구리, 올빼미였다. 기원을 파는 가게네, 하고 김지금은 말했다.

올빼미(梟)를 뜻하는 후쿠로오(ふくろう)의 후쿠는 복(福)을 뜻하는 후쿠(ふく)와 발음이 같고 개구리(蛙)를 칭하는 카에루(カエル)는 '돌아오다'를 뜻하는 카에루(帰る)와 발음이 같아 가족의 무사하고 평안한 귀가를 바라며 집에 들여놓는 사물들이라는 설명도 그때 들었다. 그때 이미 아흔은 되어 보이는 노인이 반질

반질하게 닳은 나무 의자에 앉아 조는 것처럼 도자기들을 지키고 있었다. 천지영과 김지금이 개구리 두 마리를 고르고 지폐를 건네자 그는 동전 하나하나를 손바닥에 올려가며 거스름돈을 내주었다.

천지영과 김지금은 그 후로 이따금 교토에 갔고 그때마다 그 가게에 들러 기원을 담은 도자기 인형을 기념 삼아 샀다. 매번 개구리였다. 하늘을 향해 와악, 하고 소리를 지르는 것처럼 입을 쫙 벌린 개구리들. 해변의 흔한 조개껍데기보다도 얇아 세게 쥐기만 해도 깨질 것 같아 집까지 무사히 가져오는 데 매번 주의를 기울여야 했다. 그렇게 가져와서는 부주의한 손놀림 한 번에 깨뜨릴까 다시 조심해야 했다.

마지막으로 도자기 가게에 들른 해엔 가게는 열려 있는데 가게를 지키는 노인이 없었다. 천지영과 김지금은 입구에서 기다리다가 햇빛을 피해 가게 안으로 들어섰고 그런 다음엔 의자에 앉았다. 자리를 비운 주인 대신 가게를 보는 것처럼 한참 앉아 있었다. 고목(古木) 속처럼 어둡고 고요한 가게 안에서 너무 밝은 골목을 지그시 내다보았다.

그 낮을 왠지 생각하고 있었다고 천지영은 김지금에게 말했다. 천지영과 김지금은 그 해에 끝내 노인이 돌아오지 않은 가게를 빈손으로 나섰고 그 뒤로는 갈 일이 있어도 거기 들르지 않았다. 천지영이 기원을 담은 인형을 더는 모으고 싶어 하지 않았기 때문이었다. 모을수록 깨질 것이 두려웠다.

　깨지면 카에루(帰る)가 깨진다.

　그런 생각이 들수록 너무 얇고 조그만 것을 집에 들였다는 생각에 점점 더 두려워졌다. 천지영은 작은 상자를 구해 개구리들을 넣은 뒤 서랍 깊이 넣어두었다. 그게 집에 있을 것이다. 어둠 속에서 카에루, 카에루, 카에루, 하고 입을 벌리고 있을 도자기 인형들을 천지영은 생각했다. 우리가 내일 그 집에 돌아간다, 하고 생각했다가 집으로 이번엔 돌아간다, 하고 고쳐 생각했다. 내일, 하고 생각하자 박동이 다시 느려졌다. 내일을 어떡할까. 내일의 내일을 내가 어떻게 믿을 수 있을까.

　천지영은 이를 닦고 오겠다고 일어섰다. 칫솔과 치약을 쥐고 몸을 돌려 나가려다가 그걸 보았다. 김지금이 마시다 둔 컵 뚜껑에 어둡고 동그란 조각이 붙어 있었다. 천지영은 저게 뭔가, 하고 한동안 보고서야 대추야자라는 걸 알았다. 이로 잘라 먹어 잇자국이 둥글게 남았다.

　─먹었어?

　─응.

　─어떻게 찾았어.

있던데.

먹으면 안 되는 것이었느냐고 묻는 것처럼 김지금이 천지영을 보았다. 천지영은 김지금이 한 입 베 먹고 둔 대추야자를 뜻밖이라 가만히 바라보았다.

왜.

김지금이 천지영을 보고 웃으며 말했다.

왜 그렇게 웃어.

작가 노트

너무 얇고 조그맣지만, 소중해.

사랑해.

황정은

장편소설 《계속해보겠습니다》《야만적인 앨리스씨》《백의 그림자》, 연작소설 《디디의 우산》《년년세세》, 소설집 《파씨의 입문》《일곱시 삼십이분 코끼리열차》 등이 있다.

모란

모린은 유일한 사람이었다. 유일한 사람을 사랑하는 일은 유일한 것을 제외한 나머지 모든 것을 그럭저럭 견딜 수 있게 된다는 의미다. 유일한 사람은 죽어서도 죽지 않는다. 죽음은 죽음일 뿐이라고 죽으면 다 끝이라고 떠들어대는 사람들은, 벗은 몸을 제대로 보지 못하면 사랑할 수도 없다고 생각하는 부류의 사람들이다. 그들이야말로 눈먼 자들이다.

요제프 코발스키(Józef Kowalski, 1928~1984)의 《보이지 않는 것들Invisible Things》에서 모린이라는 이름은 딱 한 번 등장한다. 책에서는 코발스키의 연인이었던 모린의 나이나 인종, 성별조차 언급되지 않는다. 모린은 유일한 사람이었다. 그 한 문장만이 모린을, 그들의 사랑을 말해줄 뿐이다. 나는 그 문장을 읽을 때마다 빗장뼈 아래 가슴께를 가만가만 문지르곤 한다. 이 실금 같은 통증이 내가 나에게 하는 거짓말은 아닐까 되물으며 가슴께를 문지르던 손끝으로 책 속 문장에 밑줄을 긋는다. 영은이 무릎 위에 한소네*를 올려놓고 점자셀을 어루만지던 모습처럼 허리를 꼿꼿이 세우고 종이를 더듬어본다. 묵자는 만져지지 않는다. 묵자는 검기만 하다.

매미가 운다.

암컷 매미를 벙어리매미라고 부르기도 한다고 알려준 것은 영은이었다. 너무하지 않아요? 울 필요가 없을 뿐인데 벙어리라니. 불어오는 바람에 얼굴을 내밀며 영은이 투덜거렸다. 나는 영은의 이마에 맺힌 땀방울을 보고 있었다. 작은 땀방울들이 햇볕에 반짝이고 있다고 영은에게 일러주었다. 영은이 손을 뻗어 내 이마의 땀을 훔치고는 손바닥을 펼쳐 보여주며 말했다.

반짝반짝.

매미 울음소리가 한결 커졌다. 책을 덮고 고개를 젖혀 나무를

---

* 점자정보단말기. 시각장애인이 점자셀을 이용해 문서 작업, 파일 관리, 인터넷, 이메일 등 다양한 응용프로그램을 사용할 수 있도록 하는 시각장애인용 보조공학기기.

올려다봤다. 매미가 울자 플라타너스가 운다. 울고 싶은 건 나인데. 내가 울고 싶은가. 온몸으로 울고 싶은가. 시커먼 모기가 팔꿈치로 달려들기에 입바람으로 쫓아냈다. 울고 싶은 와중에도 모기에게 빨리는 피를 아까워하는 내가 우습다. 참았다가 집에 가서 울어야지. 샤워를 하고 차디찬 맥주를 마시면서, 맥주 캔이 탁자 위에서 조용히 우는 걸 잠자코 지켜보면서 울어야지.

 일요일 한낮 주공아파트 단지에는 인적도 한 줄기 바람도 없다. 딱히 뭐가 있는 풍경을 보려고 매번 1902동 앞 벤치에 앉아 있는 것은 아니지만. 처음에는 고객 정보 창에 적힌 주소가 실재하는지, 그곳에 내게 자필 사과 편지를 요구한 고객이 정말 살고 있는지 한번 와보고 싶었을 뿐이었다. 고객 주소가 집에서도 멀지 않았다. 1902동 입구에서 40대 후반으로 보이는 남자가 나오면 저 사람이 그 고객일까, 고객 어머니 무릎은 나아졌을까 생각해보긴 했지만, 일면식도 없는 사람을 무작정 기다린다고 알아볼 수 있는 것은 아니었다. 일주일쯤 지나서야 고객 얼굴을 보는 게 내가 벤치에 오는 목적이 아니라는 걸 알았다.

 없습니다.

 그 한 마디 때문이었다. 고객에게 그 한 마디를 못 해서 퇴근길에 1902동 앞 벤치에 앉아 해가 기울 때까지 매미 울음소리를 들었다. 없습니다. 연습처럼 혼자 중얼거렸다. 누군가에게 대답할 일이 또 생길지도 모르니까. 그때는 태연하게 대답해보고 싶었다. 없습니다. 없습니다. 그러고 있자면 고객 얼굴이 아니라 할머니가 보고 싶어졌고 염치없이 영은이 그리워졌다. 그런 마음을 이기지 못할 때면 보현에게 문자를 보냈다.

편의점 맥주 어때?

좋지. 종현이 밥 좀 챙겨주고. 넌 어디?

나 벤치.

왜 거기 가 있냐, 일요일에.

갈 데가 없잖아, 내가.

이제 생겼네.

*

사람들을 봐요. 내가 본다고 말하는 게 정확하지는 않겠지만요. 일하다 보면 별의별 사람을 만나게 되잖아요. 사람들을 만나보면 신기하게도 다들 각자 나름의 사정이 있는 거예요. 근데 속사정을 다 말할 수는 없으니까, 사실 말로는 잘 표현이 안 되니까, 이상하고 이해할 수 없는 행동을 하는 거죠. 누군가가 이해할 수 없는 말이나 행동을 하면 그런 생각이 들어요. 저게 저 사람이 말할 수 없는 사정이구나 하고요. 그러면 욕을 퍼붓다가도 좀 슬퍼져요. 우리가 서로에게 '말할 수 없음' 폭탄 돌리기를 하고 있구나 싶어서요. 누군가를 실컷 욕해도 좀처럼 속이 후련해지지 않는 건 그게 실은 욕할 일이 아니라 슬퍼할 일이어서 그런 것 같아요. 간혹 사람들이 나를 두고 앞 못 보는 게 벼슬이냐고 따져 물을 때, 장애를 극복하고 반듯하게 자라서 대단하다고 치켜세울 때, 내게는 그 말이 모두 이상하고 슬프게 들려요. 나는 나로 살고 있을 뿐이지 뭘 바라고 사는 게 아니니까요. 사실 나라고 뭐 다르겠어요. 그렇다고 해도 미란 씨, 우리, 내 슬픔이 아닌 슬픔을 너무 슬퍼하지는 마요.

*

1902동 고객이 무릎마사지기를 주문한 것은 한 달 전이었다. 그는 배송을 받자마자 고객센터로 전화를 했다. 당장 환불해주세요. 이건 오늘 가져가시고요. 반품 사유는 주문한 상품과 다른 상품이 배송됐다는 것이었는데 제품 모델은 주문 결제 사항과 동일했다. 상품 상세페이지에 출고 시점에 따라 버튼 색상이 다를 수 있다는 문구가 작게 적혀 있었다. 나는 판매자 확인 후 연락드리겠다고, 죄송하지만 당장 환불은 어렵다고 응대했다. 어려운 일 하고 상담원님 거기 앉아 있는 거 아니에요? 쉬우면 내가 하고 말지 왜 고객센터에 전화해요?

그 후 고객은 매일 11시 55분쯤 전화를 해 나를 찾았다. 점심시간 5분 전이었지만 지명콜이었기 때문에 곧바로 콜백을 할 수밖에 없었다. 판매자는 미리 공지된 사항이며 상품에는 문제가 없으므로 반품비는 고객이 부담해야 한다고 했고, 고객은 자신은 잘못한 게 없으니 반품비는 절대 낼 수 없다고 했다. 판매자는 고객센터에서 셀러포인트를 지급해주면 회수 접수를 하고 변심 반품으로 처리하겠다고 했고 파트장이 판매자에게 셀러포인트를 지급했다. 회수 접수를 해도 택배 기사는 하루나 이틀 뒤에 방문한다고, 자택에 계시지 않는다면 위탁 장소에 맡겨달라고 안내했다. 고객은 분실하면 또 자기 책임이라고 할 게 아니냐며 소리쳤고 본인은 주말에만 집에 있으니 택배 기사는 주말에 보내라고 했다. 그렇게 상품 회수까지 닷새, 신용카드 승인 취소까지 일주일이 소요됐다. 환불이 된 후에도 고객은 전화를 걸어 김미란 상담원을 찾았다. 그동안의 불편에 대한 보상 쿠폰과 포인트, 통화 요금, 물리적 시간, 심리적 보상을 요구했다. 어머니 드릴 거였다고요. 노인네가 무릎관절이 아프대서 주문한 건데 일을 이따위로 합니까? 제가 화가 나요, 안 나요? 김미란 상담원님도 어머니가 있을 거 아니에요? 예?

다음 날 고객은 오늘이 정말 마지막이라면서 다시 나를 지명

했다. 자필로 사과 편지를 써서 우체국 등기로 보내라고 했다. 나는 고객이 불러주는 대로 타이핑을 했다. '저희 쇼핑몰을 애용해주시는 고객님께'로 시작하는 편지는 한글 파일로 두 장 가까이 되었고 상담 시간은 47분을 넘어가고 있었다. 사내 메신저 쪽지가 떴다. 뭐 때문에 그래요? 고객이 사과 편지 쓰래서 받아쓰고 있어요. 답장이 왔다. 미친. 파트장이 보낸 미친과 마침표로 종결된 문장을 잠시 멍하니 바라봤다. 일단 마무리하세요. 블랙컨슈머팀으로 이관합시다.

마지막으로, 하면서 고객은 침을 삼켰다. 그동안 말은 안 했지만 김미란 상담원님은 목소리가 너무 우울하다고, 좀 밝고 명랑하게 응대해야 고객 평가도 높게 받고 앞으로 파트장도 되고 팀장도 될 게 아니냐고 했다. 마지막으로, 인생 선배로서 말하는데 진짜 진상 고객도 많을 텐데 그런 인간들에게 지금 같은 목소리로 대하면 될 일도 안 된다고, 그동안의 정으로 충고하는 거니 기분 나쁘게 생각하지 말라고도 했다. 소중한 의견 감사드립니다, 고객님.

칼 들고 찾아오지 않은 것만으로도 다행 아니냐고 옆자리 지선이 나를 위로했다. 언니, 그런 미친놈은 얼른 잊어버려요. 그게 정신 건강에 좋아요. 지선이 책상 서랍을 열더니 하나 골라보라고 했다. 안에는 은박지에 싸인 초콜릿과 색색의 젤리, 갖가지 맛의 사탕이 들어 있었다. 치아 건강에는 좋아 보이지 않는 그것들을 내려다보며 지선이 흐뭇하게 웃었다. 나는 동전 모양 민트초콜릿을 집었다. 역시 언니도 민초파? 지선 자리에서 전화벨이 울렸다. 지선은 민트초콜릿을 한 움큼 내 책상에 올려놓고 헤드셋을 고쳐 썼다. 한껏 명랑한 목소리로 상담을 시작했다. 나는 휴게 버튼을 클릭하고 초콜릿 하나를 입에 넣었다. 아직 모니터에 떠 있는 고객 정보를 보며 눈을 껌뻑였다. 입안이 달면서도 씁쓸했다. 미친, 두 음절을 발음할 때처럼.

전에도 있지 않았어?
보현이 김이 피어오르는 만두를 테이블 위에 내려놓았다. 처음 고객센터에 입사하고 1년쯤 되었을 때도 한 고객에게 비슷한 말을 들은 적이 있었다. 목소리가 왜 그렇게 우울해요? 마치, 왜 이렇게 배송이 안 돼요? 보상 쿠폰 안 줘요? 물을 때 말투 같았다. 그날 저녁에도 편의점 앞 테이블에서 보현과 맥주를 마셨다.
그래서? 우울하냐고.
막 명랑하지는 않지.
보현이 마지막 만두를 내 앞으로 밀어주었다.
만두는 우리 서 여사인데.
할머니 만두 끝내주지.

불쌍해서 주는 거야?

하나도 안 불쌍한데.

만두를 한입에 욱여넣고 우물우물 씹었다. 할머니가 빚은 만두가 어떤 맛이었는지 도무지 기억나지 않았다. 맛이란 원래 그런 건가. 맛있었다는 기억만 남고 맛은 사라지고 없었다. 이럴 줄 알았으면 많이 먹어둘걸. 너무 뒤늦게 알았다. 기억나지 않는 맛이 눈물샘을 쉽게 자극한다는 걸.

휴지를 꺼내 코를 풀었다. 코만 풀려고 했는데 왈칵 눈물이 쏟아졌다. 참으려고 종일 애썼는데 다 망했다. 보현 앞에서 나는 자주 망한다. 오늘은 좀 봐주지. 아니다. 내가 우는 건 암컷 매미가 벙어리라는 오명을 쓰고 있기 때문이고 편의점 만두에서는 할머니의 손맛을 느낄 수 없기 때문이지 다른 이유는 없다. 어디선가 매미가 이응 이응 이으응 하고 울어댔다.

편의점 도시락을 사서 천변을 따라 집 쪽으로 걸었다.

괜찮은 이름 없었어?

보현이 휴대폰 메모장을 열어 틈틈이 메모해둔 이름들을 불러주었다. 나는 연신 고개를 저었다. 듣기 좋은 이름들이었지만 어쩐지 나와는 어울리지 않는 것 같았다. 마음에 드는 이름이 좀처럼 나타나지 않아 개명을 하겠다는 내 계획은 매년 미뤄졌다. 이따금 고객 정보 창에서 마음에 드는 이름을 발견하기도 했지만 다음 날이 되면 기억나지 않았다. 그럼 그 이름은 애초부터 나와 어울리지 않는 이름이었다고 생각했다.

보현 어때? 김보현.

이상할 거 같은데.

난 네 이름 좋더라.

이상해.

한번 불러줘봐.

싫은데.

매정하네.

걷다 보니 땅거미가 졌다. 무더운 공기가 가슴을 짓눌렀다. 땀으로 끈적한 목덜미에 여름밤이 달라붙었다. 보현과 나는 발등을 내려다보며 말없이 걸었다. 내가 왜 이름을 바꾸고 싶어 하는지 보현은 물은 적이 없다. 보현과 나는 서로에게 정말 궁금한 것은 잘 묻지 않는 편이다. 종현이 발작은 요즘 어때? 매일 주민등록증만 발급하는 거 지겹지 않아? 나는 보현에게 묻지 않는다. 아버지란 사람 이제 연락 없어? 상담 다녀온 건 어땠어? 보현도 내게 묻지 않는다. 물어보지 않아서, 물어보지 않는다는 것을 상대방이 알아차리게 하는 방식으로 서로에게 묻는다. 우리가 서로를 같은 이름으로 부르는 건 아무래도 이상할까. 나는 묻지 않았다. 보현이 나 몰래 미뤄둔 질문들을 꺼낼까 봐 겁이 났다.

갈림길에서 보현이 손을 흔들었다. 무서우면 전화해. 뒤를 돌아보며 소리쳤다. 됐어. 나는 늘 그렇게 대꾸했지만 늦은 밤 종종 보현에게 전화를 걸었다. 이제 혼자인데 집만 커서 그런가봐. 거실에 불이라도 켜. 이사해야 할까. 할 마음도 없으면서. 그렇게 몇 마디 주고받고 나면 숨이 좀 쉬어졌다. 그저께도 자정이 넘어 보현에게 전화를 걸었다.

보현아.

어.

나 언제 나아질까.

…….

…….

갈까?

됐어.

뭘 맨날 그렇게 됐냐, 넌.

미안.

자. 자려고 해봐.

전화를 끊고 거실로 나갔다. 성모상과 나란히 놓인 할머니 사진 앞에 앉았다. 초에 불을 붙이고 타들어가는 심지를 지켜봤다. 우리 똥강아지, 잘 적엔 불 꼭 끄고. 입꼬리가 살짝 올라간

서복순 여사가 속삭였다. 어둠 속에서 촛불이 일렁이고 누런빛이 벽을 따라 울렁울렁 춤출 때마다 할머니를 떠올렸다. 떠올릴수록 할머니가 가까워지는 것도 같았지만 결국은 할머니가 곁에 없다는 사실만을 실감했다. 할머니가 쓰던 돋보기안경, 가죽 커버에 서 세실리아라고 각인된 성경책, 낡은 묵주와 얄팍해진 방석을 쓸어보다가 불쑥 영은의 이름을 작게 불렀다. 잘 있나요. 청승을 부리는 내가 우습고 뻔뻔해서 두 입술을 세게 꼬집었던 밤.

메시지를 보낸 것은 나였다. 영은이 선주와 함께 할머니 장례식장에 다녀간 새벽이었다. 곁에 남겠다는 영은을 선주에게 부탁하고 들어왔다. 조문객들의 인사를 받았다. 식장 구석에서 잠깐 눈을 붙였다. 보현이 가져온 육개장을 몇 술 떴다. 열이 오른 머리를 식히려고 식장을 나와 외부 주차장으로 이어진 지하 복도를 걸었다. 영하의 날 선 바람과 매캐한 담배 연기가 섞여 캄캄한 복도로 모질게 밀고 들어왔다. 그래야만 한다고, 차가운 복도 벽에 기대어 생각했다. 나 자신도 채 납득하지 못한 마음이 고집을 세웠다.

시간이 좀 필요해요.

영은에게서 잇달아 답이 왔다.

얼마나 걸릴까요
걸릴 만큼 걸리려나요

  *

 서복순 여사, 서 세실리아, 나의 엄마의 엄마. 할머니는 열여덟에 시집을 와 이남일녀를 낳았다. 이남일녀 중 자식 둘을 앞세웠다. 10여 년이 넘게 아픈 시부모 수발을 들었고 시부모가 돌아가시고 나서는 남편의 암 투병을 곁에서 지켰다. 그러는 동안 돈이 되는 일이라면 닥치는 대로 했다. 자식을 키우고 손녀인 나를 먹이고 입혔다. 이래저래 살고 보니 일흔이 훌쩍 넘었다고 했다.
 어떻게 그걸 다 견뎠어, 할머니?
 견딘다는 생각이나 했나. 열심히 산다고 산 거지.
 다른 사람들 돌본다고 애만 썼네.
 내 식구 돌보는 게 나 돌보는 거지. 그게 뭐 다를까.
 다르지. 완전 다른데.
 난 우리 미란이 키우면서 얼마나 좋았는데.
 할머니는 나에 관해서라면 항상 다 예쁘다, 다 좋다고만 했다.
 할머니가 쓰러지기 얼마 전이었다. 저녁상을 물리고 귤을 까먹으며 온수 매트 위에서 뒹굴뒹굴하고 있었다. 할머니가 《금강경》을 건네며 읽어달라고 했다. 근래 몇 년은 뭘 읽어달라거나 봐달라는 일이 잦았다. 나는 책을 받아 들고 목소리를 가다듬었다.

세실리아 자매님 이러셔도 돼요?

좋은 말씀은 다 통하는 거지요.

모로 누운 할머니의 짧고 둥근 종아리를 주무르며 나는 《금강경》을 소리 내어 읽어나갔다. 수보리여, 보살이 만약 모습과 생각에 물든 마음으로 나누고 베푼다면 이것은 마치 캄캄한 어둠 속에 있는 사람이 아무것도 볼 수 없는 것과도 같습니다. 그러나 수보리여, 보살이 만약 무엇에도 물들지 않는 마음으로 나누고 베푼다면 이것은 마치 눈 밝은 사람이 밝은 빛 속에서 가지가지 모습을 환히 볼 수 있는 것과도 같습니다.• 거기까지 읽자 할머니 다리가 점점 묵직하게 바닥으로 가라앉았다. 이윽고 다르랑 코를 골았다. 덮을 담요를 찾으러 일어서려는데 할머니가 혀로 입술을 축이며 눈을 떴다. 내 팔꿈치를 움켜잡고 부스스 일어나 앉았다.

깜빡 졸았네. 똥강아지 책 읽는 소리가 좋아서.

듣고 졸리는 게 좋은 건가.

좋은 거지. 맘이 편하다는 거고.

• 《나 없는 지혜, 나 없는 자비》, 유공권 지음, 이포 옮김, 호미, 2018.

할머니가 까슬한 손바닥으로 내 뺨을 쓸어내렸다. 언제나 왼쪽. 할머니의 오른쪽이자 나의 왼쪽. 할머니는 오른손으로 내 얼굴을 만지고 나는 왼뺨에 스치는 할머니 손바닥을 느낀다. 할머니와 내가 마주 앉아야만 가능한 방향. 언젠가는 부은 종아리가 차갑게 식고 코골이도 들리지 않는 날이 올까. 할머니가 누런 이를 드러내며 웃을 때, 잔주름들이 해사하게 얼굴을 구길 때, 나는 언젠가는, 으로 시작되는 불길한 예감을 떨칠 수가 없었다. 할머니 종아리에 올라온 거뭇한 실핏줄을 내려다볼 때처럼 세월이 할머니의 시간에 조금씩 균열을 일으키고 있다는 예감. 오고야 말 그 언젠가를 나로서는 미리 알 길이 없었다. 닥쳐올 내 앞날을 내가 알 수 없다는 것이 무엇보다 나는 무서웠다.

할머니는 당뇨합병증을 늘 두려워했다. 발을 절단하거나 앞을 못 보게 될까 봐, 그러다 나를 고생시키지는 않을까 염려했고 두려움이 밀려올 때면 성모상 앞에 무릎을 꿇고 기도를 했다. 할머니가 두려워하던 일을 겪지 않고 떠났으니 신의 축복일까. 나를 홀로 남겨두고 떠나는 것 역시 두려워했기 때문에 어쩌면 절반의 축복일지도 모른다. 그렇긴 해도, 하늘에 계신 누군가가 손녀의 안위를 염려하는 기도보다 자신의 고통을 덜길 바라는 기도를 들어주셨다는 게 나는 무척 고마웠다.

*

열여섯 살 봄이었어요. 마지막 깁스였던 왼쪽 다리 깁스를 푼 날이었죠. 엄마가 밀어주는 휠체어를 타고 천천히 경사로를 내려오고 있었는데 순간 정수리와 얼굴이 따뜻해졌어요. 나도 모르게 고개를 들며 눈을 찡그렸는데 그걸 본 선주가 놀라서 물었어요. 보여? 빛이?

커다랗게 부푼 오렌지색 풍선 속에 갇혀 있는 것 같았죠. 모든 게 불그스름하고 흐릿하게 눌려 보이는 것 같았어요. 내가 마지막으로 목격했던 세상인 것도 같았고요. 아주 잠깐이어서 기억인지 감각인지 확실히 알 수가 없었죠. 그때 이미 내 시력은 사고로 돌이킬 수 없이 손상된 후였으니까 실은 아무것도 볼 수 없었을 거예요.

우리 세 사람은 병원 마당에서 봄볕을 쬤어요. 급할 게 없었거든요. 사고 이후 내 삶은 회복을 위해 흘러갔고 회복은 시간을 천천히 사는 일이니까요. 곧 온몸이 따뜻해졌어요. 내 안에 경직된 모든 부분이 부드럽고 연해지는 것 같았죠. 몸속 깊은 곳 어딘가가 따끔거리는 걸 느꼈어요. 내 몸에 박힌 몇 개의 철심이 아무도 모르게 반짝이고 있는 건 아닐까 생각했죠.

대체 뭐였을까요? 그 불그스름하고 흐릿한 빛은.

오랫동안 그 빛에 관해 생각했어요. 내게 남아 있었을지도 모를 시력과 가능했을지도 모를 미래에 관해서. 그 가정 앞에서 나는 매번 무너져 내렸어요. 아주 나중에야 깨달았죠. 그 빛이 이별이었다는 걸, 앞으로 내가 맞이하게 될 모든 이별의 시작이었다는 걸요.

언젠가 미란 씨가 조심스럽게 물었었죠. 꿈을 꾸느냐고요. 내 꿈은 컬러였다가 흑백이 되었다가 무색의 냄새가 되었어요. 가끔 나는 냄새를 꿔요. 내 눈에 맺혔던 이미지들은 이제 남아 있지 않아요. 더는 시력이 있었던 나와 없는 나를 비교하지 않아요.

미란 씨는 무언가를 나중에 잃는 것보다 처음부터 없는 게 나은 것 같다고 했었죠. 나중에 잃게 되는 건 너무 가슴 아프다고요. 둘 중 하나만 택해야 한다면 난 나중에 잃는 것을 선택할 거예요. 그건 두 세계를 살아보는 거잖아요. 어쩌면 세 세계인지도 모르죠. 있음과 없음, 그 둘을 연결하는 잃음. 나는 나한테 주어지는 모든 세계를 빠짐없이 살아보고 싶어요.

*

시각장애인 복지관에서 낭독 봉사를 시작하고 3년째에 접어든 겨울에 나는 요제프 코발스키의 산문 《보이지 않는 것들》을 벚꽃이 만개할 무렵까지 녹음했다. 첫 녹음을 마치고 집으로 돌아가던 토요일, 충동적으로 광화문으로 가는 버스를 탔다. 대형 서점에서 《보이지 않는 것들》을 샀다. 오래간만에 책을 읽고 마음이 간질거렸다. 집으로 돌아오는 버스 안에서 나는 뒤표지의 발췌 글을 여러 번 읽었다.

이 세계에는 여러 겹의 껍질이 있다. 어떤 인생은 한 겹의 껍질이 전부인 줄로만 알다가 끝난다. 단정 지을 수는 없겠지만, 그것은 퍽 불운한 일이다.

나에게 있어 보이지 않는 것들에 관해 말하는 일은, 음악을 사진으로 찍어달라는 말과 다르지 않다. 음악은 음악이다. 음악 외의 다른 것이 될 수 없다. 그럼에도 나는 이 보이지 않는 세계라는 음악을 연주할 방법을 찾고 싶다. 보여줄 수 없다면 들려줄 수는 있지 않을까. 내가 듣는, 언제나 나를 둘러싸고 있는 이 음악을 온전히 연주할 수 있다면, 낯모르는 이의 귀에 울리게 할 수 있다면 이 세계는, 우리 인생은 얼마나 달라질까. 나는 조율을 하러 가서 피아노 뚜껑을 열어젖히고 손을 넣어 해머를 더듬어볼 때마다 그런 방법이 그 안에 웅크리고 있지 않을까 상상하곤 한다. 누군가는 내게 전부 부질없는 짓이라고 속삭일지도 모른다. 그러나 어느 날 피아노 줄이 탕, 결연한 소리를 내며 끊어지는 순간처럼 보이는 세계와 보이지 않는 세계를 가르는 관성이 끊어질지도 모를 일이다.

요제프 코발스키에 관해 알려진 사실은 많지 않다. 그는 폴란드에서 나고 자랐고 열여섯 살이 되던 해에 뉴욕으로 온 이민자였다. 사촌의 도움으로 브루클린에 정착한 지 얼마 되지 않은 스물한 살에 녹내장이 발병해 급속도로 시력을 잃었다. 평생을 피아노 조율사로 일하며 독신으로 살았다. 세 들어 있던 하숙방에서 피아노 줄과 밧줄을 엮은 끈으로 천장 기둥에 목을 매었다. 1984년 5월의 마지막 날이었고 그의 나이 쉰여섯이었다. 그를 발견한 것은 매일 그에게 식사를 가져다주고 구두를 닦아 용돈을 받는 하숙방 주인의 아들 조지 오코너였다. 그날 요제프 코발스키의 방문은 잠겨 있었고 종잇조각 하나가 덕트 테이프로 붙여져 있었다. 콘플레이크 상자를 찢어 뒷면에 쓴 쪽지에는 알아보기 힘든 글씨로 이렇게 쓰여 있었다. 사랑하는 조지. 절대 들어오지 말고 경찰을 부르거라.

요제프 코발스키의 유품 중에는 누렇게 변색된 일간지에 싸인 다섯 개의 카세트테이프가 있었다. 그의 조촐한 살림살이는 그가 카세트테이프에 남긴 유언에 따라 가깝게 지냈던 가난한 이웃들에게 골고루 나누어 주었다. 조지 몫의 카세트테이프에는

《보이지 않는 것들》이 코발스키의 목소리로 녹음되어 있었다. 후에 조지는 인쇄소에서 보조로 일을 배우면서 코발스키의 육성 원고를 글로 정리했다. 몇 년 뒤에는 자비로《보이지 않는 것들》을 작은 책으로 출판했지만 당시에는 주목을 받지 못했다. 다만 오랫동안 입에서 입으로 전해지다가 맨해튼의 한 고서점 주인의 페이스북을 통해 이 책과 요제프 코발스키의 존재가 알려졌다. 10여 년이 더 흐른 뒤에야 편집자 일레인 카메론의 노력으로 다시 세상에 나왔다. 현재는 10여 개 언어로 번역되어 있다.

《보이지 않는 것들》의 낭독 도서 제작을 신청하고 첫 번째로 대출했던 사람은 영은이었다.

《보이지 않는 것들》은 늘 내 가방 속에 있다. 나는 낭독 도서 녹음을 끝내고 지금까지도 하루하루 낡아가는 이 책을 펼쳐 본다. 그해 겨울에서 봄이 오는 사이, 누군가 듣게 될 것을 상상하며 내가 속한 세계에서 요제프 코발스키의 세계를 읽었다. 좁은 녹음실에서 소리 내어 읽다 보면 책 속 화자의 목소리가 내 목소리와 겹쳐지는 듯했다. 그의 이야기는 내 이야기가 되었고, 낭독하는 순간만큼은 나도 그처럼 용기 있는 고백을 할 수 있는 사람이 되었다. 녹음 파일을 확인할 때면 내 목소리가 타인의 것처럼 사뭇 다르게 들렸다. 내가 나로부터 얼마간은 멀어지는 것 같았고 해방감을 느꼈다. 그 감각이 나를 들뜨게 했다.

지금은 첫 장부터 마지막 장까지 내가 읽고 녹음했다는 사실이 멀게만 느껴진다. 늦은 저녁 영은이 읽어달라고 하면 영은의 어깨에 기대어 시간 가는 줄 모르고 읽던 그때의 나도 멀다. 믿기지 않는다. 요제프 코발스키의 목소리가 작은 책이 되어 훗날 내 목소리로 읽힐 때까지 걸린 긴 세월처럼. 그런데도 책장을 열면 영은과의 시간이 고스란히 거기에 있었다.

영은의 집은 정남향으로 해가 잘 들었다. 영은이 집을 구할 때 가장 중요하게 생각한 것은 교통이나 신축 여부가 아니라 채광이었다고 했다. 앞 건물이 창을 가리지 않는 집을 구하기 위해 선주와 수없이 부동산을 돌았다. 전세보증금이 넉넉하진 않았지만 품을 들여 신중하게 집을 보러 다녔다. 그러던 어느 날엔가 영은과 선주는 한 공인중개사가 중얼거린 혼잣말을 들었다. 어떻게 눈 멀쩡한 사람들보다 더 까다로우시네. 영은이 말렸는데도 선주는 화를 참지 않고 그에게 따졌다. 지금 뭐라고 하셨어요?

그 일이 계기가 되어 영은은 예정에 없던 대출을 받았다. 가장 마음에 들었던 집을 계약했다. 일하고 있는 시각장애인 복지관에서도 가까웠다. 2년마다 불안에 떨지 않아도 되고 무엇보다 익숙한 공간을 떠나지 않아도 되어 만족했지만 한동안은 남은 빚을 헤아리면서 잠을 설쳤다고 했다.

좋게 생각하려고요. 빚이 있긴 하지만 빛이 있으니까.

열린 베란다 창으로 따갑게 내리쬐던 가을볕 속에서 턱을 치켜들며 소리 없이 웃던 영은.

가구가 전부 벽에 붙어 있던 영은의 집. 모서리가 둥근 식탁. 돌출된 손잡이가 없는 서랍장들. 의자 다리 끝에 신겨져 있던 영은이 뜬 작은 뜨개 양말들. 물건은 대부분 선반이나 서랍, 상자 속에 가지런히 놓여 있었다. 사소한 물건까지도 하나하나 제자리를 갖고 있었다. 나는 영은의 집에 들어설 때마다 영은의 질서 속으로 들어갔다. 그 부드럽고 정연한 세계 속에서 영은과 나는 밥을 먹고 영화를 보고 책을 읽고 잠을 잤다. 사랑을 나누었다.

서로의 몸을 껴안고 누워 있으면 영은은 내 가슴께를 더듬곤 했다. 왼쪽 빗장뼈에서 손바닥만큼 내려오면 깨알 같은 점이 두 개 돋아 있다. 영은이 처음 그 나란한 두 점을 검지와 중지로 더듬었던 순간에 나는 영은의 촉촉한 머리에서 풍겨 오는 은은한 풀 냄새를 맡았다.

나.

나?

여기 나라고 쓰여 있어요. 점자 약자로 이건 나.

나구나.

숫자 삼, 알파벳 씨이기도 해요.

영은이 두 점 위에 뜨듯한 입술을 갖다 댔다.

안녕? 나삼씨.

안녕. 이응씨.

더 읽고 싶다.

영은이 내 몸을 더듬었다. 영은의 손끝이 내 몸을 스쳐 갈 때마다 나는 하나의 텍스트가 되었다. 눈썹과 안와, 콧날과 인중, 귓바퀴와 귓불, 빗장뼈와 갈비뼈. 영은은 그것들이 제자리에 있는지 확인하려는 사람처럼 나를 감싸고 있는 살갗을 빠짐없이 오래도록 어루만졌다.

어둑한 방 안에서 영은과 내가 얕은 숨을 쉬며 서로를 더듬을 때면 영은에게 나를 송두리째 읽히는 것 같았다. 내가 영은에게 보여주는 것보다, 내가 알고 있는 나보다 영은이 나를 더 샅샅이 알고 있는 것만 같았다. 그 느낌이 황홀하고 부끄럽고 또 불안해서 나는 침대맡으로 손을 뻗어 전등 스위치를 켜곤 했다. 방에 불을 밝히면 눈앞에 모든 것이 익숙한 형태로 돌아왔고 그제야 나는 안심이 됐다. 하지만 불빛 아래 드러난 영은을 바라보고 있으면 알 수 없이 마음이 흔들렸다. 영은이 고개를 든다.

내가 영은을 바라본다. 영은에게는 내가 보이지 않는다. 내 눈에는 영은이 보인다. 눈을 감고 다시 영은을 안으면 내가 느낀 안심이 적절하지 않았던 것만 같아서 더 꽉 영은을 껴안곤 했다.

*

 헤어지자고 말한 건 나였어요. 선주 차를 타고 집으로 가는 길이었죠. 그때 선주는 막 사회 초년생이 되어서 바쁜 나날을 보내고 있었는데 괜찮다고 해도 매일 차를 몰고 학교 앞으로 왔어요. 나는 선주가 퇴근할 때까지 도서관에서 시험 준비를 하며 시간을 보냈죠. 그날은 선주가 일 때문에 저녁 늦게 도착했는데 차에 타자마자 회사 욕을 쏟아냈어요. 왜였을까요. 왜 그날이었을까요. 가만히 선주 얘기를 듣고 있다가 말했어요. 더는 너를 사랑하지 않는다고. 선주는 뭐가 어떻게 된 건지 전혀 알지 못했죠. 말없이 운전만 하다가 갓길에 차를 세웠어요. 내가 뭘 잘못했어? 좋아하는 사람이 있어. 뭐? 다른 사람을 좋아한다고. 내가. 네가? 그래, 내가. 선주는 상처받은 얼굴을 하고 있었을 텐데 나는 볼 수가 없잖아요. 그래서 더 차갑게 말할 수 있었죠. 가끔 그게 후회가 돼요. 선주가 그러더라고요. 어떻게 그래? 어떻게 네가 나한테 그럴 수가 있어?

선주의 말을 오랫동안 생각했어요. 내가 선주에게 그럴 수 없는 이유가 정확히 무엇일까.

좋아하는 사람이 있다는 말은 거짓말이었어요. 내 모든 처음인 너를, 오랜 세월 내 밑바닥을 지켜본 너를, 너 없이는 안 되게 나를 보살펴온 너를, 더는 사랑할 수가 없어. 그렇게는 말하지 못해서 거짓말을 해버렸던 거죠.

집에는 알아서 가겠다고 선주에게 말했어요. 차 문을 열고 흰 지팡이를 펼쳤는데 선주가 흐느끼는 소리가 들렸죠. 도로 지팡이를 접고 차 문을 닫았어요. 가방에서 휴지를 꺼내 운전석으로 내밀었어요. 울음이 조금 진정되자 선주는 천천히 차를 몰아서 집 앞까지 바래다주었죠. 언제나처럼 먼저 내려 차 문을 열어주고 오른쪽 팔꿈치를 내밀어주고 계단을 함께 올라 현관 벨을 누르고 엄마가 나올 때까지 잠자코 내 옆에 서 있었어요.

선주는 나를 붙잡지 않았어요. 우리는 지금까지도 그날 일을 말하지 않아요.

*

밤 기온이 34도에 육박했다. 회전하는 선풍기가 딱딱거리며 훈기를 몰고 왔다. 누워 있는 대나무 돗자리가 뜨뜻했다. 에어컨을 사야 할까. 할머니는 에어컨 바람을 몹시 싫어했는데, 할머니가 없다고 에어컨을 들이는 건 의리를 저버리는 것 같아 내키지 않았다. 온몸이 망친 빵 반죽처럼 눅눅하게 바닥으로 가라앉았다.

어제 퇴근길에 지하철역 출구 앞에서 선주와 마주쳤다. 종일 비가 오락가락했고 콜을 120개 넘게 받은 날이었다. 날씨가 궂으면 유독 고객센터에 걸려 오는 전화가 많다. 지하철에서 앉아 졸다가 내릴 역을 놓칠 뻔했다. 멍한 정신으로 출구를 나오니 굵은 빗방울이 떨어지고 있었다. 마을버스를 타야 하나, 망설이고 있는데 누군가 어깨를 붙잡았다. 선주였다. 개표구에서부터 나를 불렀다고 했다. 우산을 받쳐 든 선주가 숨을 골랐다. 잠깐 시간 괜찮아요?

선주가 음료를 주문하는 동안 나는 유리 벽 너머를 내다봤다. 비가 쏟아졌다. 우산 없는 행인들이 카페 차양 밑으로 모여들었다. 다들 뭔가를 회상하듯 빗줄기를 올려다봤다. 처음 선주를 봤던 때를 나는 기억하고 있었다. 한겨울이었고 유난히 입김이 짙은 밤이었고 할머니가 쓰러진 날이었다.

영은의 집으로 향하는 골목 어귀에 군밤을 파는 노점이 있었다. 영은이 군밤을 좋아해서 종종 들렀다. 흰 종이에 매직으로 쓴 투박한 가격표에는 '고요한 밤-3천 원, 거룩한 밤-5천 원,

어둠에 묻힌 밤 - 만 원'이라고 쓰여 있었다. 비좁은 천막 안에서는 매번 지지직거리는 잡음과 섞여 트로트가 울렸다. 그날은 사랑은 아무나 하나, 어느 누가 쉽다고 했나. 흥겨운 멜로디가 희미하게 들려왔다. 나는 어둠에 묻힌 밤 한 봉지를 사서 코트 안쪽에 품고 걸었다. 아무나 할 수 없는 사랑을 흥겹게 노래하는 마음에 대해 생각했다. 영은의 집 앞에 다다랐을 때 멀찍이 빌라 건물 앞에 서 있는 영은과 차에서 짐을 내리고 있는 선주를 봤다. 그때까지 선주를 본 적은 없었지만 그가 선주라는 것을 단번에 알 수 있었다. 물 흐르듯 이어지는 두 사람의 움직임, 팔을 내밀고 붙잡는 간결한 동작. 나로서는 알 수 없을 짙은 시간이 둘 사이에 공기처럼 놓여 있었다. 인사를 하는 게 좋을까. 망설이며 서 있었다. 그때 주머니에서 진동벨이 울렸다.

병원으로 뛰어가다가 까맣게 그을린 밤알들을 모조리 바닥에 쏟고 말았던 밤.

맞은편 의자에 선주의 가방과 푸른색 장우산이 걸쳐져 있었다. 본 적이 있는 우산이었다. 선주가 아이스 아메리카노 두 잔을 가져와 한 잔을 내 앞에 놓았다.

갑자기 쏟아지네요.

그러네요.

선주와 나는 한동안 아무 말 없이 바깥을 내다보다가 커피를 마시다가 했다. 유리 벽에 희뿌연 김이 서렸다.

벌써 후회되네요. 커피 마시자고 한 거.

선주가 빨대로 유리컵 속을 느리게 휘저었다. 맑은 얼음 조각들이 유리에 부딪치며 달그락거렸다. 나는 큼직하고 손끝이 뭉뚝한 선주의 손을 바라보았다.

하실 말씀 하세요.

제가 전해줘도 될까요? 이렇게 미란 씨 만난 거요.

에스프레소 머신이 웽웽거리는 소리, 사람들의 말소리가 층고 높은 카페 안에 울려 퍼졌다. 나는 흔들림 없는 선주의 눈길을 피했다.

짧은 소나기가 지나갔다. 선주와 헤어지고 집으로 가는 길에 보현의 집 앞 놀이터에서 보현을 잠깐 보았다. 보현이 가져온 수건으로 비에 젖은 그네를 쓱쓱 닦더니 앉으라고 손짓했다.

팔은 왜 그래? 물렸어?

어. 치킨 때문에 종현이랑 실랑이하다가.

덩치도 큰 애가 그럴 땐 참 빨라.

이제 힘으로는 못 당해.

보현이 안경 밑으로 손을 넣어 마른세수를 했다. 피곤한 기색이 역력했다. 종현이와의 실랑이가 얼마나 보현의 진을 빼놓았을지 짐작이 갔다. 고개를 수그린 보현의 얼굴이 언젠가의 얼굴과 닮아 보였다. 지난해 봄 내가 영은과 만나보기로 했다고 털어놓았을 때 보았던 수척한 얼굴. 아무 대답 없이 자꾸만 발끝으로 모래를 파헤치던 보현. 나는 보현의 눈치를 살피며 괜히 쓸데없는 얘기를 늘어놓았었다. 보현은 한참을 듣기만 했다. 두 발을 모래 속에 깊이 묻은 채 문득 똑바로 나를 처다봤다.

미란.

어?

두 번은 그러지 마.

뭘?

사람 밀어내는 거.

불쑥 모래 속에서 두 발을 빼내 힘차게 그네를 밀어 올렸던 그때 보현의 옆얼굴.

보현에게 선주를 만났다는 얘기는 하지 못했다. 보현아, 난 대체 뭐가 문젤까. 물어보지 못했다. 함께 마시려고 사 간 맥주를 봉지째 보현에게 건네주고 집으로 왔다.

밤새 꼼짝도 못 하고 누워서 식은땀을 흘렸다. 열대야 때문인가, 몸살 기운인가, 그도 아니면 제쳐두기만 했던 나 때문인가 알 수가 없었다. 오한에 몸을 떨었다. 카페에서 선주가 했던 말이 귓가에서 웅웅거렸다.

오랜 시간 동안 실은 돌본 거였더라고요. 그걸 너무 늦게 알았던 거죠, 제가.

아무런 대답도 하지 못하는 내게 선주가 희미하게 웃어 보였다.

뭐든 너무 늦지 마요, 미란 씨는.

《보이지 않는 것들》 녹음을 마무리하고 얼마 후에 시각장애인 복지관에서 장애인의 날을 맞아 자원봉사자 보수교육을 했다. 열댓 명의 자원봉사자가 강당에서 장애인 인식 개선 강의를 듣고 복지관 앞마당에 모였다. 먼저 나와 기다리고 있던 영은이 인사를 건넸다. 자신을 중도 실명한 시각장애인이며 재활자립팀 팀장이라고 소개했다. 영은은 흰 지팡이의 역사와 사용법, 시각장애인을 안내할 때 주의할 사항을 차근히 설명했다.

시각장애인들에게 흰 지팡이는 눈이나 마찬가지예요. 일종의 감각기관이죠. 지팡이 끝으로 길의 폭이나 높낮이, 장애물 여부를 확인할 수 있어요.

타라락. 영은은 접혀 있던 흰 지팡이를 펼쳐 지팡이 끝으로 왼쪽 한 번, 오른쪽 한 번 바닥을 가볍게 두드리며 보행 시범을 보였다. 자원봉사자들이 둘씩 짝을 지었다. 한 사람이 안대를 쓰고 흰 지팡이를 들었다. 다른 한 사람은 길잡이 역할을 맡았다.

짝과 역할을 바꿔서도 해보시고요. 한 바퀴 돌고 오면 안내자

없이 혼자서도 걸어보세요. 자, 이제 한 분이 저를 안내해주세요. 다른 분들은 저희를 뒤따라오시고요.

아무도 선뜻 나서지 않았다. 내가 손을 들었다가 이내 작게 대답했다. 제가 할게요. 쭈뼛거리며 앞으로 나갔다. 영은이 내 이름을 물었다. 손을 내밀어 악수를 청했다. 우리는 잠시 손을 잡았다가 놓았다. 자그맣고 손가락 끝이 반드러웠던 영은의 손.

팔꿈치를 주세요.

네?

제 왼편에 서서 미란 씨 오른쪽 팔꿈치를 살짝 내밀어주세요. 제 왼손을 그 팔꿈치에 올려주시고요.

일단 영은의 왼쪽으로 가서 오른팔을 ㄴ자로 접으며 팔꿈치를 내밀기는 했는데 다음은 어떻게 해야 할지 몰라 멈칫했다. 영은의 근로지원인분이 그런 나를 지켜보다가 내 왼손을 끌어와 영은의 왼손을 잡게 했다. 나는 그제야 영은의 왼손을 내 오른쪽 팔꿈치에 올렸다.

이렇게 하면 미란 씨가 저보다 반보 앞에 서게 돼요.

영은이 내 팔꿈치를 살며시 감싸 쥐었다.

이제 미란 씨만 믿을 거예요.

갈까요? 영은의 말에 발걸음을 내디뎠다. 괜스레 어깨에 힘이 잔뜩 들어가서 팔에 깁스를 한 것처럼 몸짓이 뻣뻣했다. 입술이 바싹 말랐다.

장애물이 있으면 미리 말해주세요. 팔은 이제 편하게 내리셔도 돼요.

아, 네.

힘을 주고 있던 오른팔을 내리고 걸었다. 영은은 내 팔꿈치 뼈를 살며시 잡고 내 팔이 흔들리는 방향대로 자연스럽게 뒤따랐다. 긴장한 것은 오히려 나였다. 운동장 트랙을 반 바퀴 돌자 영은이 말했다. 근린공원으로 가볼까요? 나는 몇 걸음 앞 표지판을 보고 오른쪽 길로 접어들었다. 걸음걸이가 차츰 편안해졌다. 두 걸음 앞에 약간 내리막이에요. 벚꽃은 다 졌나요? 네. 이젠 푸른 잎이 무성해요. 까치인가 봐요. 네, 두 마리. 오늘 볕이 참 좋네요. 정말 날이 무척 맑아요. 영은과 나는 드문드문 그런 말들을 주고받으며 걸었다.

이제 돌아갈까요?

네.

제 이름은 유영은이에요. 아, 아까 말했던가요?

네. 이름에 이응이 네 개네요.

맞아요. 근데 점자에서는 자음 초성 이응을 생략하거든요. 모음만 써도 읽을 때는 이응이 저절로 따라오니까요. 영과 은도 약자가 있어서 제 이름을 점자로 찍으면 이응이 없어요.

없는데 있는 거네요.

영은과 나는 낮게 웃었다.

혹시, 미란 씨가 그 미란 씨예요?

네?

요제프 코발스키.

영은이 내 쪽으로 고개를 조금 치켜들며 걸음을 멈추었다. 더는 궁금해 못 참겠다는 어린아이 같은 표정. 파르르 떨리던 감긴 두 눈꺼풀.

사실 그날부터가 우리의 1일이었다고 영은은 말했다.

영은을 만나면서 나는 점자로 영은과 내 이름을 쓰는 방법을 익혔다. 점자는 오른쪽에서 시작해 왼쪽으로 쓴다는 것, 쓰는 점형과 읽는 점형이 있고 그 둘은 좌우대칭 형태를 이루고 있다는 것을 영은에게 배웠다. 점자를 쓸 때는 뾰족한 점필로 종이에 점을 눌러 찍고, 읽을 때는 종이를 뒤집어 손가락 끝으로 더듬는다. 규칙을 익히자 점자일람표를 보며 긴 문장도 점자로 쓸 수 있게 되었다. 하지만 손끝으로 읽는 것은 전혀 되지 않았다. 할머니 손바닥처럼 까슬까슬한 감촉뿐이었다. 배움으로는 가능하지 않은 일인 것 같았다. 눈을 뜨고 점자를 들여다보면 종이 위에 점필로 찍은 점들이 새하얗고 촘촘한 생채기처럼 보였다.

*

걸릴 만큼 걸렸을까요

영은에게 메시지가 왔다. 세 계절만이었다.
할머니 사진 앞에 앉아 초를 밝히다가 발작적으로 울어버렸다.
영은의 그 한 마디로 그동안의 내가 다 망해버린 기분이었다.
죄다 망해버려서 다행이었다. 망할 수 있어서 기뻤다. 애써 제쳐
두었던 마음이 쉴 새 없이 눈물로 쏟아졌다. 이게 네 마음이었
다고 왜 모른 척했느냐고 눈물이 나를 나무라는 것 같았다. 영
은이 보낸 메시지가 연달아 도착했다.

만나요 우리

《보이지 않는 것들》에서 영은이 가장 좋아하는 에피소드는
88페이지다. 나는 여러 번 영은에게 이 부분을 읽어주었다. 읽고
나면 언제나 목이 조금 메었는데 그러면 영은은 손을 뻗어 내
손을 찾았고 슬며시 깍지를 끼곤 했다.

해 질 녘에 조지가 밑창을 새로 간 구두와 맥주 한 병을 들고

올라왔다. 카펫 위를 걷는 녀석의 발걸음 소리가 평소보다 느릿하고 비실거렸다. 나는 모르는 척 재킷 안주머니에서 지갑을 꺼내 녀석에게 줄 심부름값을 헤아렸다. 조지가 고쳐 온 구두를 신어보겠느냐고 해서 신고 있던 슬리퍼를 벗었다. 녀석이 내 앞에 무릎을 꿇고 앉아 내 맨발을 들어 발끝을 구두에 꿰어주었다. 나는 벽을 짚고 방 안을 서성였다. 발밑이 단단하고 판판했다. 앞꿈치로 땅을 찍으며 걷는 버릇 때문에 내 구두는 밑창이 빨리 닳아 구멍이 나곤 했다. 구두는 아주 잘 고쳐졌다. 그때까지도 조지는 아무 말이 없었다.

조지. 너 어디가 아픈 거니?

아뇨. 괜찮아요.

조지는 밑창도 갈았으니 끈도 새것으로 갈자며 나를 도로 소파에 앉혔다. 내가 신고 있던 구두를 벗기고 끈을 풀었다. 새 끈을 찾는지 여기저기 서랍을 뒤적였다.

옷장 서랍에 있을 거다.

찾았어요. 맥주 지금 드려요?

아니, 나중에. 그런데 정말 말 안 할 작정이니?

뭘요?

글쎄다. 뭔지 나도 궁금하구나.

녀석은 입을 꾹 다문 채 구두끈을 갈아 끼웠다. 다시 제대로 신어보라며 양말까지 꺼내 왔다. 나는 양말을 신고 끈을 갈아 끼운 구두를 신어보았다. 당연히 아주 잘 맞았다. 조지는 내 발등이 높다는 걸 알고 있어서 늘 끈을 낙낙하게 끼웠다.

잘 맞는구나, 조지. 이제 나는 들을 준비가 다 된 것 같구나.

조지가 한숨을 내쉬었다.

복잡한 얘기예요, 아저씨.

내가 가진 거라곤 시간뿐이잖니.

그게 말이에요.

녀석이 뜸을 들였다.

분명 좋아하는데, 그건 정말 분명한데요. 뭐랄까. 가까워지기가 너무 어려워요. 가까워진 것 같다가도 멀어진 것 같고요. 그럴 수도 있는 걸까요?

나는 조지가 말하는 애가 같은 반 윌이라는 것을 알았다. 조지는 지난여름부터 입만 열면 윌 얘기뿐이었으니까.

분명 그럴 수도 있지.

어째서요?

좋아하는 마음이란 본래 믿을 만한 게 못 되기 때문이란다.

조지가 한숨을 쉬는 소리가 들렸다. 먼저 것보다 더 깊고 쓸쓸했다. 열두 살 녀석에게 인생 최대의 위기가 닥친 것이 틀림없었다.

잘 들어라, 조지. 사랑이란 건 믿을 게 못 된단다. 하지만 한번 믿어볼 만한 것이지. 그 애가 좋으면 그 애를 좋아하면 돼. 네가 할 수 있는 일을 하면 되는 거야.

조금씩 훌쩍거리던 조지가 결국 울음을 터뜨렸다. 한 사람이 자신을 넘어서는 어떤 감정을 처음으로 마주하는 순간이었다. 누구나 한 번쯤은 품는 강렬하고 아픈, 그래서 아름다울 수밖에 없는 순간. 너무 이르거나 너무 늦는 때는 없는 그런 순간.

*

걸릴 만큼 걸렸을까요. 그 물음을 너무 오래 품고 있었나 봐요.

지난 토요일에 복지관 이용자분들과 양주의 한 농장으로 밤을 주우러 갔어요. 자원봉사자분들이 밤나무를 털고 우리 시각장애인들은 떨어진 밤을 주웠죠. 고무장갑을 꼈는데도 밤송이 가시가 따갑게 느껴졌어요. 다들 신나게 밤송이를 줍고 있는데 농장 주인께서 그러시더라고요. 밤은 열매 자체가 씨앗이라 밤눈이 건강한 밤을 골라 땅에 심으면 밤나무가 된다고요. 밤모를 키워보면 밤알에서 새싹이 나 자라는 동안에도 씨앗 껍질이 썩어 사라지지 않고 오랫동안, 길게는 3년까지 남아 있기도 한다고요. 그 이야기를 듣는데 미란 씨가 떠올랐어요.

가끔 침대에 누워 미란 씨가 눕던 자리를 쓸어보곤 했어요. 이불 위에 묵자로 미란 씨 이름을 써보기도 했죠. 어느 날엔가 미란이라는 이름을 이루고 있는 글자 하나하나를 떼어 써봤어요. ㅁ, ㅣ, ㄹ, ㅏ, ㄴ. 그러다 생각했죠. 모음 아를 왼쪽으로 틀어 오를 만들고 미음 밑에 놓으면 어떨까. 리을 오른편에 모음 이를 옮기고 밑에 니은을 받쳐주면 어떨까. 미란 씨를 그 이름으로 부르면 어떨까. 미란 씨가 나에게만은 그렇게 불린다면 어떨까.

하지만 난 알고 있어요. 미란 씨가 그 이름일 필요도, 그렇게 불릴 필요도 없다는 걸요.

미란 씨. 내게 처음 팔꿈치를 내밀었을 때처럼, 내게 점자 쓰는 걸 배웠을 때처럼 오른쪽에서 왼쪽으로 와요. 그럼 나는 미란 씨 팔꿈치 뼈를 처음 쥐었을 때처럼, 미란 씨가 책을 읽을 때처럼 왼쪽에서 오른쪽으로 갈게요. 그렇게 만나요, 우리. 그때는요.

다시 팔꿈치를 주세요.

작가 노트

받아들인다는 것은 무엇일까 이따금 생각하곤 합니다.

몇 해 전, 한 사람이 살아온 시간을 듣고 집으로 돌아와 울음을 터트린 적이 있습니다. 캄캄한 현관에 쪼그려 앉아 울면서 내가 왜 울까, 왜 이 울음이 멈추지 않을까 생각했습니다. 내 것이 아닌 인생이 내게 오느니, 내게로 들어와 내 일부가 되려니 저로서는 버거웠던 것인지도 모릅니다. 아니면 그의 인생을 고스란히 받는 것이 내 깜냥으로는 부족해서 내 것이기를 피하느라 눈물로 쏟아냈는지도 모릅니다. 내가 뭐라고 이렇게 울까, 혼잣말을 중얼거리면서 자신의 지난 시간을 들려준 그에게 미안한 마음이 들었습니다.

어떤 이들은 삶의 고통이 신이 인간에게 주는 피할 수 없는 비극이며 불가역적인 것이라고 말합니다. 정말 그런 것인지도 모르지요. 신은 인간에게 견딜 만한 고통만 준다는데 그것이 일종의 신의 자비인지도 모르지요. 고통은 어디에서 오는가, 왜 오는가, 하는 질문에 저는 영영 답할 수 없을 겁니다. 사람이 고통을 어떻게 받아들이는가, 어떻게 견뎌내고 살아남는가, 하는 질문에도 섣불리 답할 수 없습니다. 그럼에도 한 사람이, 평범하며 동시에 비범한 우리가 고통을 어떻게 받아들이는가, 하는 질문은 제 머리와 마음으로는 도무지 대답할 수가 없어서, 그래서 더없이 귀하고 아름다운 물음입니다. 그 질문에 대답 같은 사람들의 얼굴을 떠올려봅니다. 그 질문의 대답 같은 당신의 얼굴, 당신의 시간을 떠올립니다.

한 사람의 역사는 그가 무엇인가를 어떻게든 받아들이며 살아온 행보와 맞닿아 있겠지요. 나름의 고통이 없는 인생은 어디에도 없을 거예요. 우리 한 사람 한 사람은 각자의 방식으로, 속도로 그것들을 받아들이며 살아왔지요. 그렇게 살아 있고, 살아가겠지요. 받아들인다는 것은 무엇일까. 그 질문에 대한 정답은 찾을 수 없을 것이기에 하나의 정답이 아닌 여러 개의 대답, 곁에 살아 숨 쉬고 있는 모든 삶이 들려주는 대답을 귀 기울여 들는 마음으로 이 이야기를 썼습니다.

안윤

수필집 《물의 기록》이 있다. 장편소설 《나지라, 쿠르만, 이카티리나》를 썼다.

젤로의 변성기

여자애

여자애가 있다.
어리고 예쁘고 재능 있는 여자애.
어리기 때문에 아직 순진한 구석이 있고, 자기가 예쁘다는 것을 알고는 있는 것 같지만 자기가 '그렇게' 예쁘다는 것만은 영원히 눈치채지 못할 듯한 아이. 재능에 대해서도 비슷한 평가가 가능할 것이다. 스스로 좋은 목소리를 가지고 있다는 것을 알고 이 업계에 관심이 있어 진입했지만 어째서인지 적당히, 그저 그런, '여자' 연기만을 해왔다
이름은 희강. 이희강.

희강과는 오디오북 녹음을 할 때 처음 만났다. 살아 있는 이상, 같은 일을 하는 이상 어떻게든 만나게 되었을 것이고 그게 언제가 되었든, 어떤 방식으로 변주되었든, 일어나야 할 일들은 일어났을 것이다.

순정만화

그때 아리데쟈의 머리 위로 모여든 빛이 화살의 모양으로 변하며 내려와 시위에 걸렸다.
나는 가득 모아뒀던 숨을 터뜨리듯 내뿜으며 외쳤다.
"안 돼, 쏘지 마!"
하뮈티온의 목소리가 카밧사산의 검붉은 밤하늘을 찢었다. 놀란 산새들이 일제히 솟구치듯 날아올랐다.
수천수만 개의 깃발이 한꺼번에 나부끼는 듯한 효과음이 울렸다.
나는 문득 헤드폰 밖의 공간이 얼마나 고요할지를 생각했다.
아리데쟈는 고개를 돌려 하뮈티온을 바라보았다. 아리데쟈의 사나운 눈을 향해 하뮈티온은 절박하게 외쳤다.
녹음실 유리 너머에서 피디가 바로 지금이라는 듯 손으로 허공을 내리쳤다. 급히 대본을 보고 다시 숨을, 왜냐하면 대사 앞에 숨을 몰아쉬며, 라는 지시가 있기 때문에 숨을 모은 다음,

"그 사람은!"

그렇게 외친 순간 녹음실 온에어 버튼이 꺼졌다.

"잠깐 쉬었다 합시다."

먼지가 날아가는 소리도 들릴 만큼 조용했기 때문에 누군가 탄식하는 소리도 똑똑히 들을 수 있었다. 피디는 배역 하나하나를 두고 잔소리를 늘어놓았다. 호흡이 느리네 급하네, 숨 쉬는 소리가 너무 크네, 파열음이 너무 튀네. 진짜 문제는 내게 있다는 것을 그 자리의 모두가 알고 있을 테지만 어쨌든 최고참인 나를 민망하지 않게 하려고 노력하는 듯했고, 그 노력에 미안한 마음도 고마운 마음도 전혀 들지 않았다. 대체로 박자가 느린 것은 나. 느리다는 것을 의식해서 남의 대사 뒤에 너무 틈 없이 바싹 치고 들어가는 실수를 저지르는 것도 나. 숨 쉬는 소리가 큰 것은 녹음실이 건조해서인지 어째선지 모르겠고, 파열음이 튀는 것은 신인 시절부터 꾸준히 지적받던 습관. 하지만 꼭 내 탓이라고만 할 수도 없지. 두 번이나 거절했던 배역을 마지못해 수락해줬으면 알아서 수습하라지.

나는 헤드폰을 벗고 대기실로 나와 앉았다. 이후로는 내 캐릭터가 등장하지 않는 회상 장면이 이어질 참이어서 적어도 이삼

십 분은 기다려야 했다.

그때 작은 머리통이 귀와 어깨 사이에 살그머니 끼어들어와 속삭였다.

"선배님, 이따 사진 한 장 같이 찍어주시면 안 될까요?"

나는 잠시 망설이는 척하다 답했다.

"싫어."

그런 다음에야 그 애와 눈을 마주쳤다. 거절에 당황했고 조금 슬프기도 하지만 대선배 앞에서 실망한 내색을 보이면 안 될까 봐 어쩔 줄 몰라 하는 예쁜 얼굴.

얘는 완전히 순정만화구나.

나는 그 애의 예쁘장한 얼굴과 자그마한 몸집을 보며 생각했다.

그것도 판타지.

아리데쟈 역을 연기하는 애였다. 과장을 조금 보태어 엘프 궁수 아리데쟈를 실사판으로도 연기할 수 있을 만한 생김새였다.

"사진은 별로야."

내 말에 그 애는 고개를 크게 끄덕였다. 그런데 대신 할 수 있을 만한 게 없구나. 이어서 한 말에 또 두 번 끄덕이는 고개. 적어도 내가 저를 마음에 들지 않아 해서 사진을 거절한 것은 아니라는 점에 안심하는 내색. 더해서 뭔가, 어떤 말이라도 내게 건네서 대화를 이어가고 싶은 조바심. 그게 전부 한 얼굴에 담겨 있다는 게 신기하기도 하고 피곤하기도 했다.

"선배님 정말 팬이에요. 젤로 목소리도 너무 좋아하구요. 이번 하뮈티온 캐릭터도 멋있어요."

나는 가만히 눈만 아래로 내리떠서 그 애의 이름과 캐릭터를 확인했다. 아리데쟈 역 이희강. 치아프 숲 출신의 엘프. 용병으로 추정되는 수수께끼의 인물에 의해 친누이 이마라를 잃었다. 이마라를 보호해주지도, 그녀가 떠난 후 제대로 예를 갖추지도 않은 엘프 사회에 환멸을 느껴 인간들 틈에 섞여 살아가고 있다. 복수를 위해 직접 용병이 되어 정보를 수집하던 중, 고용주의 명령으로 주인공 제나 일행과 동행하게 된다. 우여곡절 끝에 친누이 이마라가 살아 있다는 것을 알게 되지만, 자신의 오해로 죽일 뻔했다는 죄책감에 일행을 떠나려 한다.

"저는 원작 팬이기도 한데, 하뮈티온 정말 인기 많거든요. 특히 동인녀들은 주인공보다 하뮈티온 더 좋아해요. 선배님 캐스팅 정보 풀리면 난리 날 거예요."

하뮈티온은 콘사다 성 성주의 이복동생으로 성주 세습의 권력다툼에서 벗어나 마법사가 된 인물이다. 과묵하나 지혜로워 제나 일행의 등대 역할을 수행한다. 불같은 성격의 제나와 얼음 같은 성격의 스뮤키다를 중재하며 코믹한 장면을 연출하기도.

제나 일행과 만나기 전부터 인연이 있던 이마라가 자신에게 연정을 품고 있다는 것을 알지만, 그녀의 언니 아리데쟈를 사랑하게 된다.

마지막 문장을 읽고 나서 희강을 쳐다보았을 때 모든 것이 이해되는 느낌을 받았다.

그때 이미 많은 것을 예감하고 있었던 것 같기도 하다. 그것이 정확히 무엇에 대한 예감인지는 모른 채로.

이름

스케줄을 마치고 돌아가는 길에 희강의 이름을 인터넷에서 검색해봤다.

이희강, 21세, 소속사 세컨드임팩트, 데뷔 케이블 2U 〈픽업 라디오스타〉(세미파이널). 케이블 2U 성인 다큐멘터리 〈리얼남자〉(내레이터). 케이블 애니월드 〈스타☆스타 레볼루션〉(예라 역). 모소프트 〈섹시맞고〉(클럽녀 역)……

데뷔 프로그램명이 눈길을 끌었다. 서바이벌 오디션 프로그램의 인기에 편승해 어느 케이블 채널에서 단 한 명만을 선발하는 성우 특채 과정을 오디션처럼 꾸며 방영한 적이 있다고는 들었다. 심사위원 제안을 받았지만 스케줄 문제로 거절했다. 2년 전이었나. 희강은 당시 미모로 제법 화제가 되었던 모양이다. 일본 성우계에서 하는 것처럼 성우 아이돌을 키우자는 취지의 프로그램이었으나 일부 마니아층 외에는 큰 반향을 일으키지 못해 일회성 기획으로 그쳤다고 들었다. 레퍼런스로 쓸 애니메이션이며 외화 작품의 저작권 문제도 복잡했겠지. 그렇지만 아마도 희강 같은 사람을 찾기 위해 치러진 오디션이었을 테고, 시간이 흘러 결국 희강이 우승자보다 더욱 주목받고 있는 것을 보면 실패한 기획이라고만은 할 수 없을 터.

그때 심사위원으로 출연해달라는 제안을 수락했다면 더 빨리 만날 수도 있었겠지. 그랬다면 희강은 우승자가 되었을지도 모르겠다.

스크롤을 조금 내리자 회원수 천 명 규모의 팬카페, 희강이 맡은 배역들에 대한 블로그 리뷰 수백 개가 요약되어 나왔다. 이미지 검색 결과로 보아 벌써 팬미팅도 한 번 치른 듯했다. 미모에 대한 찬사 외에 왜 걔는 뭘 해도 목소리가 다 똑같냐는 둥, 무슨 성우가 발음이 이리 안 좋냐는 둥의 지식 검색 질문도 많았다. 질투를 많이 받을 타입 같기는 했지. SNS 검색 결과 탭으로 넘어가니 성우, 얼쌍싱우, 성우돌, 퍼업_라디오스타 등의 해시태그가 눈에 들어왔다. 인기에 비해 출연작 목록이 변변치 않다 생각은 했는데 해시태그 중에도 주요 배역 이름이 없구나. 아직 젊으니 크게 대수로워할 것 같지는 않지만.

나는 검색창에 입력해둔 희강의 이름을 전체 선택한 다음 내 이름을 썼다. 다시 그 이름에 블록 지정을 하고 희강이라는 이름을 입력했다. 엎치락뒤치락 서로의 이름을 덮어 쓰면서 내 이름과 희강의 이름이 차례로 화면에 떠올랐다. 오선재. 이희강. 오선재 이희강 오선재. 이희강 오선재 이희강. 두 이름 모두가 낯설어질 때까지 쓰고 지우기를 반복하다가 택시에서 내렸다.

그러는 게 뭐가 그렇게 재미있었는지 모르겠지만 지금도 그러라면 그럴 수 있을 것 같다.

젤로

젤로는 케이블 채널에서 〈젤리-젤라-젤로몬〉이라는 제목으로 장기방영 중인 일본 애니메이션의 주인공이다. 모르긴 몰라도 최장수 프로그램 중 하나일 것이다. 원작 코믹스는 아직 완결이 나지 않았고 애니메이션화 작품이 한 해에 한두 시즌씩 발표되고 있으니까. 몇 년 전부터는 극장판 애니메이션도 꾸준히 나온다. 자막판보다 더빙판 수요가 높은데 더빙판 관객 대부분이 성인인 애니메이션은 〈젤로몬〉 시리즈가 거의 유일할 것이다.

내가 젤로의 목소리를 연기한 세월은 희강의 나이와 대략 비슷하다. 말하자면 희강과 함께 나이를 먹은 이 작품이 나를 먹여 살리고 있는 셈이다. 출세작이기도 하고 대표작이기도 하고 평생의 연금이기도 한 나의 분신.

한국판 젤로의 목소리는 팬들 사이에서 원어판에 뒤지지 않는다는 소리를 들을 정도로 평이 좋고, 일본 젤로 성우가 두 번째로 교체된 몇 년 전부터는 한국판이 낫다는 말까지 나오는 듯하다. 한편 열여섯 살의 외관을 한 소년 악마의 목소리를 50대 여성이 낸다는 사실을 알고도 마냥 좋아해주는 이는 많지 않은데, 20여 년 내내 50대는 아니었기에 성우로서의 인기도 누릴 만큼 누렸다. 이 모든 평가는 그 캐릭터를 연기한 당사자가 의식하기에는 어색한 것들 같지만, 나 말고 대체 누가 동시에 의식할까 싶은 의견들이기도 하다.

정확히 내가 아니면 누구도 말할 수 없는, 오로지 젤로를 연기하는 사람만이 낼 수 있는 고유한 의견도 물론 있다. 일본의 원작 젤로 성우조차도 두 번이나 교체된 마당이니 젤로를 연기한 사람으로서의 의견 중에 내 의견보다 고유하고 정통적인 것은 앞으로도 나오기 어려울 것이다. 그렇지만 바로 그런 이유에서 나는 아무에게도 내 생각을 밝히지 않을 생각이다.

나의 젤로에 대해 생각하면 늘 석류가 함께 떠오른다.

왕년에 미녀 배우로 추앙받았으나 이제는 엄마나 이모 배역 밖에는 주어지지 않는 여자들의 연로에 대해서도.

성우들은 다르다. 관리만 잘하면 오랫동안 같은 캐릭터를 연기할 수 있다.

당연히 젤로를 맡았던 첫 순간부터 이런 생각을 하지는 않았다. 그때는 내가 이렇게 오래 이 역할을 맡을 거라 예상하지 못하기도 했고.

문득 내 안의 젤로가 변성기를 맞으려 한다는 생각이 들던 순간이 있었을 따름이다. 일정한 호흡과 일정한 정서로 연기하고 있음에도 어쩐지 전과는 다른 소리가 난다고 느낀 순간.

그즈음에 생리가 완전히 끝났다. 남들보다 빠른 것은 알겠는데 병원에서 말한 것처럼 조기폐경이라고 느끼지는 않았다. 그것만 빼면 건강한 편이었고 오히려 앞으로 편해지겠다는 안도가 더 컸다. 애정을 갖고 있는 주특기 캐릭터 연기가 어려워졌다는 것을 깨닫기 전까지는 그랬다.

다른 노력은 할 줄 몰라서 꾸준히 먹는 것으로 극복하려 했고, 특별한 일이 없는 이상 잠들기 두어 시간 전마다 무조건 온수에 일대일 농도로 희석시킨 석류즙을 마셔왔다. 더운 석류즙은 역하지만 차갑게 마시면 목이 칼칼해 기침이 나니까. 기침을 해서 기도와 성대에 무리를 주는 것보다는 코를 쥐고 단순한 온수라 믿으며 마시는 편이 나으니까. 장복을 견디면서 역한 목넘김도 그럭저럭 참을 만하게 되었다. 냉장고 야채칸을 신선한 석류즙으로 그득히 채워둔 지가 5년이 넘었다. 기분 탓인지 실효가 있어서인지는 모르겠지만 그러고부터는 다시 첼로를 연기하는 데에 무리가 없어졌다.

그러니까, 영원히 열여섯 살 소년이기 위해 여자로서의 노화를 최대한으로 유예해야 했고 실제로 그러려고 노력해왔으니까, 이런 말을 한들 누구도 이해할 수 없을 테고 이해받기를 기대하지도 않으니까, 아무에게도 이에 대해 말할 수 없다.

누군가는 이해할 수 있으리라고도 믿지만 그건 내게 직접 들어서가 아니라 그 사람이 알아차려서라야 한다.

선생님

오디오북 작업 둘째 날 스튜디오에 도착했을 때 희강은 없었다.

스태프들은 희강이 처음엔 좀 늦겠다고 하다가 출연진이 모두 모이고도 삼사십 분 지나고부터는 숫제 연락을 받지 않더라며 울상을 지었다. 아리데쟈가 등장하지 않는 부분을 준비하느라 녹음이 지연되는 동안 다들 대놓고 험담을 늘어놓았다. 모두 젊지만 희강보다는 경력이 있는 사람들이었다.

아는 분 얘기 들어보니 걘 원래 좀 놀던 앤가 봐요. 성우라 인지도도 별로인데 연예인입네 통제가 안 된다고. 그러게 공채로 시작해서 착실히 경력 쌓은 애들이 최고지, 새파란 게 무슨 소속사까지 두고. 여긴 대체 어떻게 들어온 거야? 원작자가 걔 팬이래요. 하여간 오타쿠들, 그 흔한 목소리 뭐가 좋다고.

흔한 목소리였나?

데뷔 즈음 나도 비슷한 말을 선배에게서 들은 기억이 있었다. 여자 성우들이 내는 남자애 목소리 다 똑같다고. 주연 배역을 한 번도 못 맡아본 남자의 질투려니 생각했다. 소년의 음성을 내기에는 너무 낮고 거친 음색을 지녀 주인공의 아빠나 이웃 아저씨, 선생님 역할 같은 것이 고작인 사람. 그에 비하면 나는 운이 엄청나게 좋았다. 데뷔 때부터 주인공이었고 맡은 배역마다 주연이 아닌 적 없었다. 적어도 이번까지는.

그러니까 평생 소년만화의 남주인공만을 도맡아온 나로서는 희강의 아리데쟈와 같은 연기를 누구나 할 수 있다는 말을 이해하기 어려웠다. 다섯 살 사내아이로서 들어온 엄마의 것과도, 열여섯 살 소년으로서 들어온 여왕님의 것과도 달랐다. 그건 하뮈티온이 아리데쟈를 사랑하게 되어서일까? 내 캐릭터가 그 애의 역할을? 내가 그 애를?

희강은 아리데쟈 없이 한 챕터 분량을 끝마칠 무렵에야 나타났다.
"죄송합니다, 같은 말 모르니."
내레이터 역할을 맡은 성우가 가라앉은 목소리로 한마디 했다. 피디에게 한바탕 혼나고 녹음실로 살금살금 들어오던 희강이 살풋 웃었다.
"죄송합니다."
"웃어? 웃음이 나와?"
희강의 연기에 대해 악담하던 여자 성우 하나가 날 선 목소리로 희강을 몰아세웠다. 발음이 무섭도록 깔끔해서 더 날카롭게 들렸다. 다른 성우들은 웃거나 자기들끼리 소곤거릴 뿐 말릴 생각이 없는 듯했다. 이미 충분히 혼났을 텐데 너무 다그치는 말라 할까. 웃음기가 싹 가시고 금방이라도 울음을 터뜨릴 것 같은 곱상한 얼굴이 안쓰러웠다.
"너 같은 게 오선재 선생님 같은 분하고 작업할 기회가 또 있을 줄 알아?"
뜬금없이 튀어나온 내 이름에 내가 제일 놀랐는데, 그 말이 나오길 기다렸다는 듯 다들 달라붙어 한마디씩 거들었다.

"그래, 선생님도 안 하시는 지각을 제일 어린 애가, 그것도 두 시간이나."

"다들 선생님 와주신 것만도 감사한데 넌 아닌가 보다."

"하긴 이희강 씨 대단하시잖아."

"사과드려."

"맞아, 선생님께 사과해. 얼른."

지각하고 작업을 지연시킨 거야 물론 잘못이지만 가만히 있던 나를 내세워 혼낼 필요는 없지 않나?

잘 걸렸다 하고 마음껏 희강을 비난하는 모두에게서 한 발짝 물러나고 싶어졌다.

지금 내가 사과받아 마땅한 사람이 있다면 희강 씨가 아니라 여러분이야. 새카만 후배 하나 잡으려고 나를 팔아?

근엄하게 꾸짖는 대선배의 목소리를 연출하려는 참에 희강이 고개 숙여 사과했다.

"죄송합니다, 선배님."

"쟤 좀 봐, 선배님이래."

앞장서서 희강을 나무라던 이가 빈정거렸다.

"희강 씨, 오선재 선생님은 희강 씨 태어나기도 전에 데뷔하신 분이야."

희강은 말을 고쳐 사과하며 허리를 더욱 굽혔다.

"정말 죄송합니다. 선생님. 다음부터 이런 일 절대 없도록 하겠습니다."

"이럴 것까진 없어, 고개 들어."

희강의 어깨를 감싸 일으키자 촘촘히 돋은 속눈썹들이 젖어 가닥가닥 뭉친 눈이 나를 올려다보았다. 그 속눈썹이 가슴을 찌르는 가시처럼 아팠다.

"난 괜찮으니 다들 너무 나무라지들 말아. 다음부턴 그러지 않겠다는데."

희강은 혼날 때 잘 참았던 울음을 너그러운 말 한마디 듣고서야 터뜨렸다.

생각해보면 여느 여자애들이나 그렇게들 했던 것 같고 나도 크게 다르지 않은 듯한데 생전 처음 겪는 일처럼 당황스러웠다. 달래느라 등을 살살 쓸어주자 희강이 스스럼없이 내게 안겨 왔다. 머쓱해하거나 고소하다는 듯 쳐다보던 성우들의 입이 떡 벌어졌다. 나는 우는 희강을 안고 토닥이면서 나도 아니고 젤로도 아닌 어떤 소년의 이미지를 떠올렸다. 여자가 울 때 어떻게 달래야 하는지 배운 적 없는 소년의 난처함에 대해서.

녹음은 10분 정도가 더 지연되었고 아리데쟈의 컨디션은 내내 좋지 못했다.

안경

　문득 눈의 이상을 느낀 것은 오디오북 녹음 작업이 끝나기 하루 전날이었다. 안 그래도 부쩍 눈이 자주 피로해져서 대본을 받아도 내 부분만 읽게 된 지도 한참이었는데, 무리해서 스무 권에 이르는 원작 소설을 다 읽은 게 원흉인 듯했다. 아무리 큰 글자라도 물에 담가놓은 것처럼 일렁거려 보였고 웬만큼 작은 글씨는 아예 지저분한 얼룩처럼 느껴졌다.
　"노안이네요."
　안경점 주인은 대수롭지 않은 투로 말했다. 시력검사대에 올려둔 턱에서 긴장이 빠져나갔다.
　"당뇨 같은 건 없으시죠?"
　"네."
　노안이라는 낱말의 질감은 오래 도망치다 마침내 붙잡힌 사람이 느낄 법한 무력감과 이상한 안도로 되어 있었다. 내가 늙었구나. 모르던 것은 아니었지만 남의 입으로 듣고 싶지는 않은 말이었다.
　"나이 사십 넘으면 이르든 늦든 누구에게나 노안이 와요. 오선재 님도 연세에 비해선 불편을 늦게 느끼신 것 같네요. 지금부터만 관리 잘하시면 걱정하실 것 없어요."

안경점 주인이 고객 카드에 적힌 이름과 나이를 건너다보며 말했다. 그 건조하고 사무적인 태도가 고맙기도, 조금 불쾌하기도 했다. 고마움도 불쾌함도 이유는 같았다. 그가 나를 이 정도 나이에 이른 누구와도 다르지 않게 대하고 있다는 것.

"그럼, 어떡해야 하나요."

"안경을 맞춰야겠지요?"

주인은 안경점에 뭐 하러 왔냐는 투로 되물었다.

"오늘은 늦었으니 테만 고르시고, 내일 오전쯤 안경 찾으러 오세요. 결제는 지금 도와드려도 될까요?"

계산을 마치고 나와 집으로 걸어가는 길에 편의점 전광판으로 〈젤리-젤라-젤로몬〉 극장판 애니메이션 예고편을 보았다. 아직 녹음 작업이 시작되지 않은 신작이었지만 더빙 없이 영상과 주제곡만으로 예고편을 구성한 모양이었다. 바로 다음 주부터 본격적으로 시작될 작업을 생각하면서 잠시 멈추어 섰다가, 뭉개져 보이는 총천연색들 가운데서 희강의 이름만을 또렷이 건져냈다.

전번의 소란 덕인지 오디오북 마지막 작업은 큰 탈 없이 끝났다. 뒤풀이가 있다 했지만 젊은이들 노는 자리 무슨 재미로 끼겠나 너스레 떨자 다들 굳이 붙잡지 않았고 그게 조금 섭섭하게 느꺼졌다. 무리 지어 인근 유흥가를 향하는 뒷모습들을 멍하니 보고 있었는데 문득 정신을 차려보니 희강이 남아 내 앞에 있었다.

"선생님, 뭐 타고 돌아가세요?"

택시.

"지하철."

"어, 저도요. 같이 걸으실래요?"

좋아.

"그래."

순간 목 안으로 들이치는 숨을 여러 번 나누어 뱉고 간신히 답했다. 함께 몇 걸음인가를 걷고 물을까 말까 망설이다 결국 말을 꺼냈다.

"왜 뒤풀이 안 갔어?"

"굳이 저한테는 같이 가자고 안 하시던데요, 다들."

괜한 말을 꺼냈다 싶었고 더는 딱히 건넬 말이 떠오르지 않아 곤혹스러웠다. 그러면서도 지하철역이 스튜디오에서 먼 것이 다행스럽다 생각했다.

"안경 잘 어울리세요."

"그래?"

"네, 훨씬 젊어 보이세요."

쑥스러우려다 기분이 상해버렸다. 다시 한동안 말 없는 걸음이 이어졌다. 다음번에도 먼저 입을 연 쪽은 희강이었다.

"선생님, 저 이번에 〈젤로몬〉 극장판 캐스팅됐어요."

"선생님이라고 부르지 마."

나는 희강이 아니라 먼 허공에 시선을 둔 채 뻣뻣하게 말했다. 희강은 곧바로 말을 고쳤다.

"다음 작업도 선배님이랑 하게 됐어요."

"예고편에서 봤어. 어떤 역이니?"

"뻔하죠, 여름 특집 극장판에 나오는 오리지널 캐릭터라는 게. 제가 해외 웹 쪽 좀 찾아봤는데, 젤리랑 젤로가 임무를 잘 수행하고 있는지 확인하려고 마계에서 특별 파견한 악마 소녀래요. 웃기죠."

"그렇구나."

"근데 벌써 예고편이 떴어요? 신기하다."

"수입 애니니까 영상은 다 제작이 되어 있는 셈이잖아."

"그러네요."

"그렇지."

"선배님."

"응?"

"팔짱 껴도 돼요?"

"그래."

이야기를 나누면서 조금 가라앉던 맥박이 다시 빨라지는 것을 느꼈다. 팔과 허리 사이에 작은 손이 끼어드는 것을, 미묘한 열기를 감지하면서 팔을 약간 굽혀주었다. 어느 정도로 굽혀야 여자애가 편할지, 팔 위에 얹힌 그 애의 손이 얼마나 예쁠지, 팔짱을 낀 채로 어색하지 않게 걸으려면 어떻게 해야 할지를 두서없이 생각하는 사이 어깨에 희강의 작은 머리통이 슬며시 기대어 왔다.

"선배님은 꼭 저희 엄마 같으세요."

나도 모르게 희강의 손을 뿌리쳤다.

어깨에 기댄 희박한 무게를 지켜주고 싶은 생각은 들었지만 엄마 같다는 말 따위를 듣고 싶지는 않았다. 희강의 손을 놓는 순간 나는 예쁜 소녀의 손이 닿아 수줍음 타는 소년에 대한 상상에서 오래 사용한 여자의 육신으로 강제 송환된 듯한 기분이었는데 그건 실제로 일어난 일과 크게 다르지도 않은 감각이었다. 민망해하는 표정을 애써 감추려 하는 희강의 얼굴이 안경을 썼는데도 한없이 아득하게 보였다.

"미안해. ……놀라서 그랬어. 벌레가."

"아니에요. 제가 주제넘었나 봐요."

변명은 희강의 실망스럽다는 듯한 목소리에 가로막혔다.

"정말 미안해."

팔을 뿌리친 진짜 이유를 희강이 영원히 눈치채지 못할 거란 사실에 생각이 닿자 마음이 놓였다. 그렇지만 희강이 사과를 받아주지 않는다면 영원히 슬플 거라는 생각도 동시에 들었다.

"정말 괜찮아요. 오히려 죄송하죠. 저, 좀 버릇이 없죠?"

"그런 게 아니야."

"다른 선배들도 다 그런 말씀 하시는 거 알고 있었어요. 얼굴 믿고 까분다, 뭐 그런 얘기 있잖아요. 다 알아요. 다 듣고 있어요. 그런데요, 저 진짜 진지해요. 좋은 성우가 되고 싶어요."

떨리는 목소리를 붙들어주고 싶은 마음이 들었다. 하다못해 손이라도 다시 잡아주어야 하나 고개를 숙인 채 골똘해졌다. 잡아주어야 하는 게 맞는지 그냥 내가 그러고 싶은 건지 헷갈려하면서.

"전에도 말씀드렸지만, 진작부터 선배님 팬이었어요. 저 덕질 오래 했거든요. 전문 성우가 되기엔 소질이 부족하다는 말도 많이 들었지만, 선배님 연기 보면서 꼭 성우 되고 싶다 생각했어요."

그 말을 듣자 와중에도 조금 우쭐해지려고 했다. 어른스럽지 못하다 스스로를 나무라면서 애써 얼굴의 웃음기를 지웠다. 희강은 조금 떨면서 말했다.

"꼭 선배님처럼 되고 싶어요."

그 말은 엄마 같다는 말보다 훨씬 슬펐다.

나처럼은 안 돼, 라는 말이, 울음이 터질 듯 부풀어 좁아진 목 안을 자꾸 더듬어 나오려 했다. 왜요, 라고 묻겠지. 나처럼 되어선 안 된다는 말이 나처럼은 될 수 없다는 말처럼 들리겠지. 저주라고 생각하겠지. 그렇지만 그 애가 이해할 수 있게 말할 자신이 없었다. 그래 꼭 나처럼 되렴 하고 별 마음 없는 덕담을 건넬 수도 없었다. 그거야말로 저주일 거라는 사실을 내가 아니까. 거의 평생을 소년의 목소리로 살고, 그걸 잃지 않으려고 발버둥까지 쳐야 하는 것이 어떤 일인지를.

끝내 희강의 손을 다시 잡지는 못한 채로 지하철역에 다다랐다. 그쯤에는 손을 잡으려는 마음이 내 욕심일 뿐이라는 사실이 더할 나위 없이 분명해져 있었다.

몽정

집에 도착해서는 공기청정기 파워를 3단계로 올리고 샤워를 한 뒤 더운물에 갠 석류 드링크를 마시고 양치를 한 다음 꼼꼼하게 가글링을 한 다음 바로 침대에 누웠다. 침대에 눕기까지는 늘 하던 대로와 같지만 평소보다 일찌감치 잠을 청하기로 했다.

피곤했으니까. 잠과 깸의 경계에서 문득 나를 만지는 차고 부드러운 손길을 알아차렸다. 그 어떤 이도 이런 방식으로 나를 만지지 않은 지 오래되었다. 골반 부근을 헤매는 손 위에 손을 포개고, 거기 이어진 손목과 팔을 이불 속에서 천천히 더듬어 올라갔다. 돌아누우면 이제 손에 닿는 것은 차고 가냘픈 어깨, 다음은 드디어 유방이다. 부드럽고 벅찬 탄성. 입을 맞추자 아…… 선배……님, 묘하게 갈라진 음성이 응답한다. 불쑥 일어나자 이불은 텐트처럼 솟는다. 무게를 온전히 실어 내리누르기를 망설이는 내 목을 괜찮아요…… 하고 속삭이며, 그 애의 팔이 감싼다. 매 순간 왜 이런 일이 일어났는지에 대한 물음이 달려들고 그럴 때마다 나는 그 애 몸에 나를 파묻는다. 내 가슴이 그 애의 눈앞으로 한꺼번에 들이닥쳤다가 한꺼번에 제자리로 돌아간다. 그 애의 얼굴은 지금까지 한 번도 본 적 없는 방식으로 일그러져 있다. 무겁니? 아뇨, 좋아요! 너무 좋아요…… 몸을 밀었다 당기는 짧은 순간마다 그 애의 모습이 흐려졌다 다시 선명해진다. 이토록 또렷한 아름다움의 낙차. 침대 밖에 고인 그림자는 내 것이 더 크지만 신음 소리는 미성숙한 소년과 성숙한 여자의 것이라는 위화감. 절정까지는 오래 걸리지 않는다. 달아오른 혈색과 무관하게 그 애의 몸은 좀처럼 뜨거워지지 않고 나는 나와 그 애의 온도차를 꼭 그 애 몸피만큼만 느끼며 격렬하게 무너진다.

다음 순간 나는 바로 몸을 일으켰다. 땀으로 범벅이 된 몸 전체와 다른 농도로 사타구니가 미끈거렸다. 몽정인가? 이 나이에?

그다음 순간 나는 다시 한번 몸을 일으켜야만 했다. 한동안 넋을 잃고 빈 침대를 내려다보았다. 몽정하는 꿈이라고? 이 나이에? 여자가?

꼭 나 자신의 무게만큼만 일그러진 어두운 자리를 한참 보는 동안에 선명해진 생각은 하나뿐이었다. 다시 한번 깨어날 수 있는, 다음, 그다음 순간이 더 이상 없다는 것. 낡아버린 몸에 소년의 음성을 지닌 여자 오선재의 몸을 영원히 벗어날 수 없다는 것.

무섭다.

그렇게 말하는 내 목소리가 아주 낯설게 들렸다.

아마추어

"젤리몬, 젤라몬, 젤로몬은 인간계를 정복하려는 악마 대왕의 음모로 인간의 모습을 하고 세상에 파견된 마계의 정예 요원들입니다. 이들은 사립 쇼콜라 학원의 초등부 여학생 젤리, 중등부 여학생 젤라, 고등부 남학생 젤로로 현신하여 인간 사회를 관찰하는 임무를 맡았지만, 마계의 요괴들보다도 사악한 인간들이 있다는 것을 알고 우선 인간계를 '청소'하기로 합니다. 여기까지가 원작 코믹스와 TV판의 기본 설정이죠."

인기 애니메이션의 극장판 프로젝트인데도 작품 소개 브리핑이 필요한 것은 이번에 유독 연예인 출연자가 많아서겠지. 작품에 애정이 있든 없든 홍보 효과만을 노리고 억지로 모셔온 귀하신 몸들. 배급사가 바뀌었다더니 새 극장판 성우진에는 나로서도 TV로밖에 본 적 없는 연예인들이 꽤 많았다. 하기야 이런 식의 캐스팅이 아니었다면 애니메이션 커리어가 적은 희강도 출연하기 어려웠겠지.

조연출의 손길을 따라 젤리, 젤라 역의 성우들이 소개되었다. 각각 한두 번씩 교체되어 들어오기는 했어도 함께 작업한 세월이 짧지는 않아서 친근한 사람들이었다. 젤로의 이름이 불릴 때 나도 자리에서 일어나 묵례를 했다. 멀리서 희강이 손뼉을 치기 시작하자 젤리, 젤라 성우도 웃으며 손을 모았다. 배급사에서 흥행을 노리고 데려온 중견 개그맨들은 손을 움직이면서도 왜 저 여자가 박수를 받는지 모르겠다는 표정을 숨기지 못했다. 조연출의 부연 설명이 이어졌다.

"오선재 선생님은 TV판 시청률 절반을 책임지고 계시다고 해도 과언이 아니죠. 주인공인 젤로몬 주니어, 통칭 젤로 목소리를 완벽 소화하고 계시거든요."

 박수 소리는 한층 커졌지만 아까의 몇몇은 더더욱 모르겠다는 표정으로 나를 힐끔거렸다. 대본 맨 앞부분에 쓰여 있는 젤로 캐릭터에 대한 소개와 내 이미지가 영 겹쳐지지 않아서겠지. 쑥스러움인지 모욕감인지 때문에 낯이 화끈거렸지만 베테랑이라면 웃어넘겨야 했다.

 "이번 극장판은 '천계로부터의 역습'이라는 부제처럼, 극장판에만 등장하는 오리지널 캐릭터로 천사가 많이 등장합니다. 여기에 젤리, 젤라, 젤로가 올바르게 역할을 수행하고 있는지를 감찰할 마계 스파이가 하나 더 있고요."

 오리지널 캐릭터를 맡을 성우와 연예인들이 차례대로 소개되었다. 성우들 중에는 오디오북 작업을 함께했던 사람도 두엇 더 있었는데 표정이 영 밝지 못한 것이 아무래도 자기들보다 경력이 적은 희강에게 비중 있는 역할이 돌아간 것에 불만을 품은 듯했다.

 마지막에 일어난 희강이 고개 숙여 인사한 뒤에 애교 있는 눈웃음을 덧붙이자 연예인들조차 술렁이는 분위기였다. 그 애가 그렇게 예쁜 것이 자랑스럽기도 하고 불안하기도 했다. 둘 중 무엇도 내가 품어 마땅한 기분은 아니라 느끼면서도. 희강이 자리에 앉자마자 곁에 앉아 있던 남자 중견 개그맨 하나가, 이쪽에서는 들리지 않는 소리로 무슨 말을 했다. 희강은 입을 가리고 어깨를 들썩이며 웃었다. 아마도 상스러운 농담을 건넸겠지. 할 수 없이 웃어주는 거겠지. 그렇게 생각해도 한번 생긴 무력감과 모욕감은 잘 없어지지 않았다. 선생님, 뭐 불편한 거 있으세요……? 조연출이 그렇게 물어올 때까지 나는 희강의 자리 근처를 쏘아보고 있었던 것 같다.

그럼에도 첫 리딩은 그럭저럭 화기애애한 분위기 속에서 약 30분간 진행되었다. 피디가 쉬는 시간을 선언하자 연예인 출연진은 대부분 스케줄을 이유로 자리를 떴다. 거의 모든 장면에 대사가 있는 주연이다 보니 앞으로도 얼마간 저 아마추어들과 또 입을 맞추어야 한다는 것이 벌써부터 지긋지긋하게 느껴졌다.

변성기

시나리오상 사사건건 부딪치고 다투는 역할인 희강과는 개별 녹음 스케줄이 매번 겹쳤다. 첫 녹음 날 나는 정시에 도착했는데 희강은 먼저 와 기다리고 있었다. 할 이야기가 있다는 듯 입술을 달싹거리며 자꾸 이쪽을 바라보는 희강을 나는 계속 모른 체했다. 기분이 나쁘지 않았다. 오히려 저쪽에서 안달이 났구나

하는 착각이 점점 당연하게 생각되었고 그럴 때마다 정수리부터 엄지발가락 끝까지 몸의 심지가 온통 저릿한 느낌이 들었다. 이제는 이런 감각이 나이에 맞지 않아 부끄럽다거나 천박하다는 느낌마저도 희미해졌다.

"악마가 인간을 돕는다니, 말이 되는 일이라고 생각해?"

장면은 희강이 연기하는 마계 감찰원 루씨와 젤로 사이에 갈등이 싹트기 시작하는 초반 시퀀스였다. 희강의 앙칼진 목소리가 제법 기세 높게 치고 들어오자 은근히 희강을 무시해오던 동료 성우들도 이번에는 웬일이냐는 듯 희강을 주목했다. 나는 별 긴장 없이 입을 열었다.

"악마보다 나쁜 인간을 진짜 악마가 가만둘 순 없지! 젤로 님이 단죄해줄 수밖에."

젤로의 트레이드마크라 할 수 있는 단골 대사를 끝까지 읊고 나서야 무엇인가 전과 달라진 것을 알아차렸다. 십수 년을 발음해와 연습도 따로 필요 없는 대사였다. 너무 많이 해서 이제 젤로가 아니라 나 자신의 사상이 정말 그런 것처럼 여겨지는 말이었다.

"오 선생님, 목소리가……."

피디의 목소리가 헤드셋으로 건너왔다. 뜨끔한 속을 숨기고 태연스레 되물었다.

"듣기 거북한가?"

"아뇨, 캐릭터랑 딱이네요. 약간 변성기 온 듯한 소년 느낌? 원래 젤로 음성도 좋지만, 지금 톤도 느낌이 좋네요. 섬세한 톤인데, 그걸 잘 잡아내시는 것 같아요."

도리어 칭찬이 돌아오자 더 당황스러웠다. 그런 게 아니야. 톤을 잘 잡아냈다든가 섬세하다든가 그런 게 아니라고.

진짜 변성기가 온 거야.

그리고 이번에는 막거나 피할 수 없어.

아무 위화감도 느끼지 못한 채로, 그저 언제나와 같은 맹목으로, 내 입만을 바라보고 있는 희강을 마주 보면서 나는 생각했다.

이건 다 너 때문이라고.

고백

명목상의 주 관람 타깃인 초등학생들의 여름방학과 실질적 주 관객층인 2030 여성 팬들의 휴가 시즌에 맞춰 개봉일을 정한 극장판 애니메이션인 만큼 작업 일정은 촉박했다. 배급사에서 무리해가며 섭외한 연예인들의 스케줄이 들쭉날쭉한 탓에 최고참인 나마저도 예외 없이 밤샘 녹음을 이틀이나 해야 했다.

배급사의 어린 여직원들이 미안해하며 사다 놓은 자양강장제를 한 시간에 한 병씩 마시며 버텼다.

　더욱 힘든 것은 취재 방문 응대였다. 극장판 작업이 막바지에 이를 즈음이면 으레 크고 작은 언론사에서 찾아오는 거야 이미 알고 있었고 각오도 되어 있었지만, 체감상 횟수며 시간이 종전의 서너 배가 되니 지치지 않을 도리가 없었다. 공중파 방송국 연예 프로그램에서도 다녀간 것도 수차례였다. 그런 프로그램은 어차피 작품에서 차지하는 비중도 크지 않은 연예인들 몫이고 실상 전문 성우 출연진이 신경을 써야 하는 쪽은 게임과 애니메이션을 주로 다루어 우리 시리즈에 충성도 높은 팬들도 즐겨 읽는 월간지나 대형 온라인 커뮤니티 웹진 등이지만, 주역인 데다 작품의 최고참 성우인 탓에 매체 성격을 가리지 않고 전부 얼굴을 비추어야 해서 고역이었다.

　점입가경으로 배급사는 제작 발표회까지 진행하려 했다. 국내 제작 애니메이션도 아니고 라이선스 뮤지컬도 아닌데 제작 발표회는 무슨. 도무지 수지가 맞는 장사일 것 같지 않았지만 빠질 수도 없는 노릇이었다.

　개봉을 일주일쯤 앞두고 급조된 제작 발표 기자 시사회는 〈젤리-젤라-젤로몬〉 국내 방영 19주년 기념을 겸한다며 요란스럽게 기획되었다. 무대 위에 간이 스튜디오를 꾸며놓고 희강에게는 극장판 오리지널 캐릭터 루씨의 코스튬까지 갖춰 입혔다. 〈젤로몬〉 시리즈 신작 제작 발표회라기보다 성우돌 희강 쇼케이스처럼 보일 지경이었다. 총체적으로 우스웠지만 내색은 않고, 어차피 연예인 출연자들이 다 해먹겠지 하며 긴장을 풀고 있는 사이 내게도 질문이 들어왔다.

"오선재 선생님은 내후년에 성우 데뷔 30년 차를 맞는 베테랑 성우이지만 여전히 현역으로 젤로 연기를 하고 계신데요, 성우 생활의 재미있는 에피소드 같은 것이 있나요?"

식상한 것은 둘째 치고 미묘한 질문이었다. 올해도 아니고 내년도 아니라 내후년이 30년 차인 것이 뭐 대단한 일이 되나.

"글쎄요, 저에게는 생활이니 뭐가 재미있는 이야기일지 모르겠습니다만…… 성우들끼리 식당에 가서 밥을 먹으며 대화를 하면 사장님, 여기 TV 좀 꺼주세요!라고 한다든가, 채널 좀 돌려줘요 야구나 봅시다 한다든가. TV에서 소리가 나는 줄 알고 말이죠."

"정말 그렇겠네요."

진행을 맡은 개그맨은 별 재미도 없고 대단치도 않은 얘기에 참 희한하고 처음 듣는 소리인 양 호응한 다음 희강에게 질문을 넘겼다. 자연스럽게 바로 옆에 앉아 있는 희강을 쳐다볼 수 있었다. 셔터가 터지는 순간순간 자세와 표정을 달리하는 희강은 조잡한 의상을 입은 요정 같았다.

"이희강 성우님은 〈픽업 라디오스타〉로 데뷔한 성우돌로 인기를 누리고 있는데요, 데뷔 당시부터 옆에 계신 오선재 선생님을 가장 존경하는 선배로 꼽아왔다고 들었어요. 대선배님과 작업하시면서 많이 설레셨을 것 같은데요."

희강은 마이크를 양손으로 꼭 쥐고 씩씩하게 답했다.

"네, 너무 설렜어요. 젤로는 제 첫사랑이거든요."

오오, 우우 하고 야유인지 환호인지 모를 소리를 내는 출연진들 가운데 나 혼자 당황하며 희강을 쳐다보던 눈을 거두었다. 이 애는 무슨 생각으로 그런 말을 하지. 얼굴이 뜨거운데 눈에 보이게 붉어졌으면 어떡하지.

희강의 답변이 너무 짧다고 생각했는지 진행자가 끼어들었다.

"그러면 사랑하는 오선재 선생님께 한 말씀."

희강은 내 눈치를 보며 머뭇대다가 속사포처럼 말했다.

"이건 오디션 볼 때도 숨겨뒀던 제 진짜 개인기인데, 오선재 선배님이 연기하시는 젤로 성대모사 해볼게요. 아 정말 너무 부끄러운데 엄청 열심히 연습했거든요. 잘 못 해도 애교로 봐주세요."

객석에서 박수가 터져 나왔다. 희강은 발끝을 내려다보며 감정과 호흡을 다잡은 다음 젤로의 시그니처 대사를 읊었다.

"악마보다 나쁜 인간을 진짜 악마가 가만둘 순 없지! 젤로 님이 단죄해줄 수밖에."

잠시 침묵이 흘렀고 조금 뒤늦다 싶은 순간에 박수가 나왔다. 박수 소리가 개인기를 선보이겠다 선언했을 때보다 오히려 작아져서 희강은 멋쩍어했다.

당연하지, 이 앞에 앉아 있는 사람들은 사실 우리 애니메이션에 별 관심이 없으니까. 오리지널 젤로의 목소리 같은 건 아직 들어본 적 없는 사람이 훨씬 많을 테니까.

하지만 영화가 시작되면 곧 그 애의 목소리가 얼마나 완벽했는지를 모두가 알게 될 것이었다.

그 증거로 내내 작업을 함께해온 출연진들이 먼저 놀라고 있잖니. 내가 이렇게 놀랐지 않니. 단숨에 소년 악마 역할에 몰입했다가 순식간에 긴장과 불안을 품은 예쁜 여자애로 돌아온 희강의 옆얼굴을 보면서 나는 평생 한 번도 경험한 적 없는 갈증을 느꼈다. 영원히 목이 쉬게 되어버릴 것만 같은 진하고 고통스러운 갈증이었다.

"오선재 선생님 어떻게 들으셨나요?"

진행자 역시 젤로의 목소리를 몰라서인지 평가를 내게 떠넘기려 했다. 그게 얼마나 잔인한 질문인지를 이해할 수 있는 사람은 젤로뿐. 그러니까 아마도 너와 나, 그렇게 오로지 둘뿐. 나는 목이 멘 기색을 숨기려 애쓰며 말했다.

"저는 이제 은퇴해야 할 것 같습니다."

나의 대답이 제법 괜찮은 농담처럼 들렸는지 객석에서 박수와 폭소, 함성이 터져 나왔다. 희강이 완벽한 젤로 연기를 선보였을 때보다 더 큰 반응이 나온 것이 다소 모욕적이라 느끼면서 나도 웃었다. 그게 농담이라고 생각하는 여러 사람들 가운데, 그걸 농담으로 생각할 요령조차 없는 희강만은 울 것 같은 표정으로 나를 보고 있었다.

질문은 다시 연예인 출연진들에게로 돌아갔고 나는 테이블 아래를 더듬어 희강의 무릎 위에 손을 얹었다. 이윽고 희강이 그 위에 손을 겹쳐 깍지를 꼈다. 지금 하는 행동이 내게 어떤 의미로 다가오는가를 이 애가 알고 있을까를 의심하면서 그러나 영원히 몰라도 좋다고 생각하면서, 손과 무릎 사이의 온기로 손끝에서부터 녹아 없어지는 나를, 나의 젤로를 상상했다.

네가 사랑하는 젤로는 너를 사랑해서 어른이 되어버렸어.

무슨 일이 있어도 나는 이 말을 소리 내서 발음하지 않겠지만 언제가 되었든 어떤 계기로든 네가 이 마음을 알아차리게 된다면 너의 젤로에게도 변성기가 올까.

상상과 다르게 내 손은 녹지 않고 대신에 떨려오기 시작했는데 그런데도 희강은 오래도록 내 손을 놓지 않았다.

작가 노트

 갑자기 이런 고백을 하면 이상하게 들리겠지만 이건 완성하는 데에 10년이 걸린 소설이다. 10년 전이나 지금이나, 나는 사람을 좋아하는 마음을 처음 감지할 때마다 제일 먼저 쟤가 되고 싶은 걸까 쟤와 하고 싶은 걸까를 따진다. 일관성이 있다고 해야 할까. 말이 나왔으니 말인데 일관성이 있어 보이는 사람한테 쉽게 끌림을 느끼기도 한다. 나의 나됨에 일관성이 있는지를 따져보는 것도 좋아하고. 그러니까 이상적인 나여야 하는 당신을 좋아하게 되는 것이 내 애정이 작동하는 원리…… 자기애로도 자기혐오로도 설명할 수 있을 것이다.
 어느 정도는 당신이 나라서 한편 어느 정도는 내가 아니어서, 절대로 나와 같을 수 없어서 사랑하는 것…… 같아. 그렇지만 안을 때마다 우리가 하나가 되어 섞이는 상상도 한다. 문득 내가 팔에 힘을 꽉 주는 걸 느낀다면 또 그 생각을 하고 있구나, 알아주기를.

박서련

장편소설《체공녀 강주룡》《마르다의 일》《너 설리 클럽》, 소설집《호르몬이 그랬어》등이 있다.

논리

참나무 밑동을 잘라 만든 의자에 앉아 엘리가 무언가 골똘히 생각하고 있다. 연필대를 입에 물고 수첩을 내려다보며 몸을 앞뒤로 조금씩 흔든다. 나는 맨발로 마루에 나가 엘리를 바라본다. 마당에 자란 녹나무의 잎들이 엘리 얼굴에 시원한 그림자를 드리운다. 바람이 불 때마다 잎들이 맞부딪치며 맑은 냇물 소리를 낸다. 배준은 맞은편 의자에 앉아 하귤 껍질을 벗기고 있다.

"얼마큼 썼어?"

배준이 큼지막한 하귤 한 알을 엘리에게 건네며 말한다. 엘리는 수첩에서 눈을 떼지 않은 채 새처럼 입을 벌려 귤을 받아먹는다.

"지금 엘 쓰고 있어."

새콤한지 얼굴을 씨푸리며 말하는 엘리. 귤을 삼키고서 또 잇자국이 나도록 연필대를 깨문다. *하지 마. 더러워.* 나는 엘리를 향해 말한다. 말했다고 생각하지만 그저 보고만 있다. 초등학교 입학을 앞두고 큰 문구점에 데려가 마음에 드는 연필과 노트를 고르라고 했을 때 엘리는 오선지 수첩과 콩테 스케치 연필을 가져왔다. 그때 제대로 가르쳐줬어야 했나. 처음부터 정확히 말해줘야 했을까. 줄이 그어진 오선지 악보는 음표를 그릴 때 쓰는 거고, 차콜그레이색 목탄은 그림을 그릴 때 쓰는 거라고. 네 마음대로 뒤죽박죽, 오선지에 알아볼 수 없는 글씨로 영어를 쓰면 곤란하다고.

하지만 나는 여전히 나무 마루에 앉아 풍경을 보듯 엘리를 본다. 직박구리 한 마리가 날아와 멀구슬나무 가지 위에 앉는다. 주홍빛 털이 난 뺨으로 배준을 향해 고갯짓하며 삐 삐 운다. 자기한테도 뭔가 나눠 주라는 듯. 햇볕에 그을린 배준의 두 볼이 팥빵에 달걀물을 바른 것처럼 반짝인다.

"엘은 많이 썼잖아. 또 써?"

배준이 엘리에게 말한다.

"더 쓰고 싶어."

"엘사 때문에?"

엘리가 고개를 끄덕인다. 엘리의 단짝 친구이자 영혼의 자매인 엘사. 엘리는 누군가 장래 희망을 물으면 '엘사'라고 답했다. 엘사처럼 하늘거리는 드레스를 입고 싶은 건 아니라고 했다. 엘사처럼 머리를 길게 땋고 얼음을 내뿜는 마법을 부리고 싶은 것도 아니랬다. 그럼? 그럼 왜 엘사가 되고 싶은데? 그렇게 물으면 엘리는 되고 싶은 게 아니라고, 그냥, 그렇게 될 것 같다고 말했다. 자기는 크면 어른이 아니라 엘사가 될 것 같다고. 그러면서 나름대로 논리적인 근거를 찾아 말했다. '엄마, 엘사도 엘이고, 나도 엘이잖아. 스펠링도 나처럼 E로 시작하는 El이잖아.'

그때 알려줬어야 했나. 네 이름의 '엘'은 디즈니에서 월급 받는 사람들이 만든 가상의 캐릭터와는 아무 상관이 없다고. 너의 엘은 더 높고 거룩한 곳에서 축복처럼 내려온 단어라고. 엘로힘(Elohim), 엘 샤다이(El Shaddai), 나의 하나님, 나의 하나님, 그렇게 기도하는 마음으로 부르는 이름이라고.

하지만 나는 마루턱 아래 두 발을 내리고 앉아 엘리가 읽는 영어 단어를 듣고만 있다.

"레터, 라이트, 룩……."

엘리가 엘로 시작하는 단어를 읽는다. 그리고 그 말을 소리 낸다.

"레즈비언."

"응?"

배준이 고개를 들고 엘리를 본다.

"레즈비언, 그것도 엘로 시작해."

대체 그런 말을 어디서 들었어? 그렇게 묻고 싶은데 엘리가 더 기막힌 소릴 한다.

"인터넷에서 그러는데 엘사가 레즈비언이래. 신기하지?"

신기하냐고? 신기한 건가? 배준은 그런 표정으로 눈만 깜박이고 있다.

"〈겨울왕국〉 다음 편에서 엘사가 사랑하는 사람을 만난대. 근데 그 사람은……."

엘리가 엄지와 검지를 직각으로 펼쳐 알파벳 'L'을 만든다.

"엘이래."

쟤 지금 무슨 소리 하는 거야? 나는 허리를 곧추세우고 배준을 본다. 그런데 배준은 정말인가…… 정말 그런가…… 하는 표정으로 엘리를 보고만 있다. 엘리가 웃으니 자기도 따라 웃는다. 나는 더 참을 수 없어 땅에 발을 딛고 일어선다.

장엘리!

이름을 부르려는데 소리가 바깥으로 나가지 않는다. 현기증이 인다. 다시 그 증상. 먼지처럼 작은 알갱이들이 소용돌이치며 못을 박듯 이마를 뚫고 들어온다. 역한 가스 냄새, 뜨거운 바람이 얼굴에 스치며 귀와 눈썹에 불이 붙는다. 내 살들이 검은 기름처럼 녹아내린다. 신비한 광경을 보듯 나는 내가 불에 타는 모습을 바라본다. 아무 고통도 없이. 푸른 불꽃들이 가로수로 번져 나뭇잎을 쥐어뜯듯 솟구친다. 영화를 보는 것처럼 나는 그 모습을 감상한다. 그러다 문득 어떤 손이 내 의식을 붙잡아 다시 감각을 느끼게 한다. 삶은 면을 물에 헹구듯 내 영혼을 그러쥐어 부드럽게 내 몸에 밀어 넣는다. 비명, 울부짖는 아이. 엘리가 경악하는 얼굴로 도로에 서 있다. 한 순간에 목이 쉬어버린 내 딸.

'이리 오렴, 아가. 집에 가자.'

나는 시간을 되돌린다. 이 불길에 휩싸이기 전으로, 천천히 차를 후진시킨다. 차 안에는 엘리가 좋아하는 노래가 흐르고 있다. 'Show your self, Show your self.' 삼나무가 늘어선 고요한 지방도로에 잔잔한 겨울비가 내린다. 창을 열면 젖은 흙과 나무들이 내뿜는 습도 높은 숲 내음이 피부에 달라붙는다. '너를 보여줘, 너를 보여줘. 네가 보고 싶어 죽을 것 같아.' 빗물을 밀어내는 와이퍼 고무날 소리에 엘사의 노랫소리가 묻힌다. 나는 천천히 시간을 되돌린다. 한 손으로 조수석 헤드를 잡고 허리를 돌려 후면창과 사이드미러를 살핀다. 이 삼나무 숲길의 첫 번째 엉킨 실타래가 나타날 때까지. '엄마, 저기 봐.' 엘리가 창밖으로 고개를 내민다. 통나무를 적재한 트럭이 좁은 갓길에 비스

듬히 서 있다. '고개 내밀지 마. 벨트 다시 해.' 나는 그쯤에서 후진을 멈추고 유턴을 시도한다. 반대편 차선을 향해 핸들을 감은 후 천천히 풀면서 방향을 바꾸려는데 거대한 탱크 트럭이 슬라이딩하듯 우리 앞을 가로막는다. 바로 전에 맞닥뜨린 그 차. 후진해 멀어졌는데 다시 우리 앞에 나타난다. 악어가 꼬리를 휘두르듯 운전석과 ㄱ자로 틀어진 탱크 칸이 휘어지며 우리의 흰색 세단을 도로 밖으로 밀어낸다. 그 상황이 너무 순식간이라 나는 놀랄 시간조차 없다. 딸깍, 세상의 빛이 꺼지는 소리. 먼지처럼 작은 알갱이들이 내 이마에 구멍을 뚫는다. 나는 도로에 쓰러져 비인지 불꽃인지 모를 것들을 맞는다. 그런 꿈을 몇 번이고 반복해 꾼다.

*

기적이야. 내가 살아 있는 건 구원이고 은총이라고.

입을 열어 소리를 낼 수만 있었다면 나는 길 가는 사람을 붙잡고 그렇게 말했을 것이다. 기적이 별건가. 원인과 결과가 일치하지 않는 나 같은 상황이 바로 기적이고 신비지. 나는 인간의 논리로는 다 설명할 수 없는 초월적 존재의 힘으로 살아남았다. 그 힘에도 내가 이해할 수 있는 부분이 있을 것 같아 정신이 맑을 때면 내가 당한 빗길 추돌 사고의 상황을 정리해보았다. 숨을 깊이 들이마시고 천천히 코로 내쉬며 하나씩 숫자를 매기며 생각했다.

1. 사고의 첫 번째 원인은 통나무를 적재한 화물 트럭이었다. 마모된 트럭 바퀴가 도로의 수막현상과 맞물려 커브 길에서 미끄러졌고 그 후 뒤를 따르던 승용차가 트럭 뒷부분과 충돌해 반대편 차선으로 넘어갔다.

2. 그리고 가스 트럭. '안전거리유지'라고 쓰여 있는 후면의 글씨가 부식된 그 가스 운반 차량은 갓길에 빠져 있던 화물차를 미처 피하지 못했다. 나와 엘리가 탄 차는 가스 트럭의 원통형 탱크 칸과 부딪쳤다.

3. "하늘이 무너지는 소리를 들었어요."

사고 지점 근방에 있던 주유소의 한 직원이 지역 방송국 인터뷰에서 한 말.

4. 오전부터 내린 비가 아니었다면 건조한 대기를 타고 불이 번져 근방 삼나무와 솔송나무를 다 태우고 여기 이 주유소까지 번졌을지 모른다고, 목격자를 인터뷰한 기자는 일어나지 않은 상황을 가정하며 현장을 중계했다.

5. 나는 그 뉴스 화면을 사고가 난 지 두 계절이 지난 후에야

보았다.

6. 흉부 화상과 복합 골절을 입은 나는 그해 겨울과 이듬해 봄을 의식이 없는 상태로 보냈고 의료진은 패혈증 증세를 보이는 나에게 다량의 항생제를 주입했다.

7. 나는 살아남았다. 돌이킬 수 없는 전신 화상의 위험에서 비껴가 시간이 지나면 회복될 수 있는 외상만을 입은 것이다. 놀라운 기적의 힘.

8. 열려 있던 조수석 유리창 밖으로 튕겨나간 내 딸은 도로 가장자리 숲길에 떨어졌다. 유리 파편에 찢겨 이마에 반달곰의 반달무늬 같은 V자 흉터가 생겼지만 그 정도는 성형수술로 해결할 수 있는 문제였다. 만세.

9. 여러분, 삶은 기적이에요. 오늘 당장 행복하세요. 지금 바로 곁에 있는 소중한 사람에게 사랑한다고 말하세요!

나는 극성맞은 행복 전도사나 광신도가 될 조건이 충분했지만 사고 때 입은 상처와 후유증으로 내 기적 체험을 떠들고 다닐 수 없었다. 이것도 만세.

10. 가슴 부위의 화상 때문에 나는 기도와 폐가 약해졌고 소리 내어 말하려고 하면 누군가 내 목을 조르는 것 같은 느낌에 숨이 막히고 몸이 뻣뻣하게 굳었다.

11. 사고 트라우마지. 틀린 말을 할까 봐 그런 거야.

12. "창문 닫아, 벨트 매." 사고 직전, 내가 엘리에게 마지막으로 했던 말.

13. 만약 그때 엘리가 내 말을 듣고 창문을 닫았다면, 그래서 내가 브레이크를 밟았을 때 엘리가 그 반동으로 튕겨나가지 않았다면, 겹겹이 쌓인 갈색 솔잎들이 매트리스처럼 푹신하게 엘리를 받아주지 않았다면. 그 모든 우연이 하나라도 어긋났더라면.

14. 이런 사후 해석이 다 옳은 건 아니라고 해도 나는 내가 옳다고 믿는 세상의 법칙들이 반드시 좋은 결과를 가져오지 않는다는 것을 이 사고를 통해 배웠다.

15. 생각을 여기까지 이어가면 숨이 가빠지고 손발이 저린다. 빈속에 감기약을 먹은 것처럼 메스껍다. 등을 대고 누워 있는데도 더 눕고 싶고, 더 쉬고 싶다는 열망이 나머지 생각들을 말끔히 지워버린다.

*

낮인지 밤인지 분간할 수 없는 몽롱한 상태에서 눈 뜨면 나는 입은 옷 그대로 방을 나가 배준과 엘리를 찾는다.

일어났어?

마루로 나가면 나무 그늘에 앉아 있는 배준이 인사를 건네듯 나를 본다. 엘리도 내 쪽으로 고개를 돌린다. *옷이 그게 뭐야?* 나는 엘리가 입은 빛바랜 하늘색 셔츠를 보며 생각한다. 언제 그런 습관이 생겼는지 엘리는 산소호흡기를 쓰듯 통이 큰 셔츠 소매로 코와 입을 감싸고 있다.

"자, 잼 바른 거."

배준이 마멀레이드를 바른 롤빵을 엘리에게 건넨다. 갓난아기 때부터 씻기고, 재우고, 안아서 등을 쓸어주며 트림을 시키던 사람이라 그런지 배준은 내가 없어도 엘리를 능숙하게 돌본다.

"어?"

손을 뻗어 빵을 받으려던 엘리가 고개를 들어 나무를 본다. 배준도 엘리를 따라 멀구슬나무를 올려다본다. 흰 꽃잎과 연보라색 봉오리가 주렁주렁 달린 나무에서 휩포로롱, 휩포로롱, 새소리가 들린다.

"어제 그 새야?"

"잘 모르겠네. 이번 주말엔 아빠가 도서관 가서 꼭 빌려올게."

배준이 빵가루가 묻은 손을 털며 말한다. 근처 도립 도서관에서 새도감과 식물도감을 빌려오는 건 우리가 이 집에 왔을 때부터 계획했던 일이다. 엘리는 이사 온 후부터 마당에서 우는 새 이름을 물어봤는데 반년이 지나도록 우리는 답을 찾아주지 못했다.

말해줄까? 새 이름을 알려줄까? 나는 하늘을 향해 얼굴을 든 엘리에게 말한다. 휘파람새야. 붉은빛이 도는 갈색 날개에 크림색 눈썹을 가진 휘파람새. 전에 흐리고 바람 부는 날에 왔던 새는 박새, 아침마다 우리를 깨우는 새는 직박구리.

나는 엘리에게 말한다. 말하지만 목소리가 바깥으로 나가지 않는다. 그런데 내가 어떻게 이걸 다 알고 있는 거지? 내가 아는 게 맞긴 한 건가? 길가에 상점 간판을 보면 곧장 글씨를 읽게 되는 것처럼 새소리가 들리는 순간 새의 생김새와 이름이 떠오른다. 그저 꽃이고 풀이었던 이전 주인이 심은 화단의 식물들도 어떤 이름을 가졌는지 알 것 같다.

이 집에서 제일 크고 오래된 녹나무, 그 옆에 잎이 두껍고 빳빳한 후박나무, 담을 따라 핀 보라색 붓꽃과 더 묽은 연보랏빛의 비비추, 일조량에 따라 조금씩 붉기의 농도가 다른 철쭉과 노란 벌노랑이. 대문 밖 돌담을 따라 자란 흰 꽃잎의 돈나무까지.

사고 후유증인가. 전에 봤던 어느 다큐멘터리가 떠오른다. 충격으로 뇌를 다친 후 갑자기 뛰어난 수학 실력을 지니게 된 사람처럼, 나도 전두엽이나 후두엽에 다른 사고 회로가 생겨 모르던 것을 알게 된 걸까. 1, 2, 3…… 이유를 추론해보기 위해 생각을 집중하려는데 벌써 목이 뻐근해지면서 머리가 핑 돈다.

내 옆을 지나가는 배준의 인기척에 나는 졸지 않은 척 고개를 든다. 집 안으로 들어간 배준은 보리차가 담긴 물통과 엘리의 여름 모자를 들고나온다. 배낭을 메고 외출 준비를 마친 엘리가 대문 밖으로 나가려다 배준과 나를 돌아보며 손을 흔든다. 코바늘로 짠 모자의 그림자가 엘리의 턱과 가슴께에 촘촘한 그물무늬를 만든다. 나는 집에서 멀어지는 엘리의 발걸음 소리를 가만히 귀로 따라간다.

엘리가 나가면 배준이 내 곁으로 온다. 그사이 살이 빠졌는지 웃옷으로 입은 흰 티셔츠가 헐렁하다. 나는 배준의 어깨에 머리를 기댔다가 그의 무릎을 베고 눕는다. 그렇게 또 잠이 든다. 언제 침대로 왔을까. 눈을 떠 엘리 모자가 걸려 있던 벽을 확인한다. 모자가 없는 걸 보니 아직 엘리가 오지 않은 것 같다. 꿈의 여운이 남아 있어 머리가 무겁다. 꿈에서 얼마나 세게 핸들을 쥐고 있었는지 깨고 나면 두들겨 맞은 것처럼 어깨와 팔이 저린다.

나는 매번 사고가 나는 꿈을 꾼다. 시작은 갓길에 세워진 트럭을 보는 것이다. 이후엔 탱크 트럭과 부딪치는 순간이 여러 버전으로 바뀌는데, 어떨 땐 내 몸이 순식간에 불타 검은 재가 되고, 어떨 땐 갓길에 서 있던 트럭의 통나무가 도로로 쏟아져 길을 막는다. 그러면 나와 엘리는 차에서 내려 마치 비디오게임 속 캐릭터가 된 것처럼 통나무를 뛰어넘어 집으로 향한다. 어떤 꿈에선 내가 가스 트럭을 몬다. 나는 트럭을 제때 멈추고 운전석에서 뛰어내려 차에 갇힌 엘리를 구한다. 세부 과정은 다르지만 어떤 꿈에서든 우리는 살아남는다. 그런데도 깨어나 보면 베갯잇이 눈물로 흠뻑 젖어 있다.

엘리는?

나는 마루로 나가 그늘을 찾아 앉는다. 배준은 가벼운 면 반바지에 티셔츠 차림으로 빨래를 널고 있다. 젖은 옷을 허공에 털고서 건조대에 가지런히 올려놓는다. 잠들기 전 그날의 오후가 끝나지 않은 것인지, 아니면 하루가 흘러 다시 낮이 된 건지 모르겠다. 오늘이 며칠일까. 날짜를 헤아려보지만 흐릿한 눈으로 바늘귀에 실을 꿰는 것처럼 생각의 초점이 맞지 않는다. 10년이나 20년 후의 신문 기사에서 오늘 30년 만에 큰 폭설이 내렸다는 기사를 읽는 기분이랄까.

대문으로 들어서는 엘리를 보자 마음이 환해진다. 신발이 젖어 있어 걸음을 옮길 때마다 땅에 엘리의 발 크기만 한 물 자국이 찍힌다. 머리는 산발에 정강이와 팔에는 흰 모래가 가득 묻어 있다. 신이 나 어쩔 줄 모르는 표정이다.

"잘 다녀왔어? 밥은?"

배준이 큰 수건을 펼쳐 엘리의 어깨를 감싼다.

"타코 먹었어, 아빠?"

"비빔국수. 엘사 선생님이 만들어줬어?"

"응. 과카몰레랑 고기 넣고."

엘리가 배낭을 벗으며 말한다.

과카몰레? 아보카도를 으깨서 만든 소스? 그걸 어디서 먹었어? 엘사 선생님은 또 누구고? 어느새 내가 모르는 일과가 늘어난 엘리는 머리카락을 말려주는 배준을 향해 고개를 숙인다.

"오늘은 물에 들어갔어?"

"아주 잠깐. 선생님이 아직은 모래에서 해야 한대. 모래 위에 보드 놓고 패더링했어. 이렇게 배로 누워서."

엘리는 허리를 숙인 채 옆구리 사이로 두 팔을 휘저어 물살을 가르는 몸짓을 한다. 그러다 마당 한쪽에 X자로 펼쳐져 있는 건조대를 보고 갑자기 표정이 굳는다.

"진흙 묻어서, 냄새도 나고."

배준이 엘리의 반응을 살피며 말한다. 쟤가 왜 저럴까. 엘리의 얼굴빛이 바뀐다. 눈을 부릅뜨더니 양손을 움켜쥔다. *왜 그래? 무슨 짓이야?* 엘리가 자기 얼굴을 할퀸다. 턱부터 이마까지 가면을 벗기듯 손톱으로 긁더니 자기 살을 쥐어뜯는다. 놀란 배준이 뒤에서 아이를 끌어안는다. 두 팔이 묶인 엘리가 발버둥 치자 그 몸부림에 배준이 코를 부딪친다. 뒤로 넘어진 배준의 코에서 피가 흐른다. 역한 냄새, 현기증. 나는 엘리에게 소리친다. 벨트 매, 똑바로 앉아!

*

 배준만 믿고 있던 게 잘못이다. 레즈비언이 어떻고 엘사 여자 친구가 어떻고 할 때 따끔하게 일러줬어야 했는데. 애가 웃으면 따라 웃고, 혼자 돌아다니며 타코나 얻어먹게 하니까 애 뒤통수에 맞아서 코피가 나지.
 다음 날 나는 엘리를 따라나선다. 애가 어디서 뭘 하고 다니는지 알아야겠다고 생각하니 어지러움이나 메스꺼움도 참을 만하다. 나는 일정한 거리를 두고 엘리를 뒤쫓는다. 시계 방향과 반시계 방향을 구분 못 하는 여덟 살 아이를 몰래 따라가는 건 일도 아니다.
 엘리는 고개를 푹 숙인 채 샌들을 땅에 끌며 듣기 싫은 소리를 내면서 걷는다. 표정은 심술궂어 보이고 옆으로 오토바이가 지나가는데도 피하지 않는다. 짧은 건널목을 건너면 바로 해변으로 갈 수 있는데 수풀이 우거진 공터 쪽으로 돌아간다. 햇볕에 달아오른 자동차 범퍼 사이를 오가다 갑자기 구부려 앉아 손등을 깨문다. 자기 발을 뼈다귀로 착각해 깨무는 강아지처럼

명한 시선으로 고개를 꺾은 채 손마디를 깨문다. 그러더니 정수리에 손을 얹고 뚝 뚝뚝 머리카락을 끊어낸다. 그 행동을 몇 번이나 반복한다.

"바보 같아."
언젠가 내가 세 갈래로 머리카락을 땋고 커다란 리본을 달아줬을 때 엘리가 말했다.
"뭐가? 예쁘기만 한데."
나는 엘리의 뒷모습이 얼마나 근사한지 말해주었다. 손거울을 쥐여주며 네가 좋아하는 엘사처럼 보인다고 했다.
"이상해, 바보 같아."
뭐가 마음에 안 드냐고 물어도 엘리는 입을 꾹 다물고서 작은 콧방울만 넓혔다 줄였다 했다. 그렇게 싫으면 풀어주겠다고 하는데도 어린이집에 늦는 게 싫다며 그대로 집을 나섰다. 저녁에 배준이 엘리의 머리를 풀어주는 걸 보면서 나는 엘리가 한 말을 생각했다. 왜 마음에 안 들었을까. 내가 너무 세게 묶어서 머리가 당겼나. 리본이 마음에 안 들었나. 대체 바보 같다는 게 무슨 뜻이지.

그 뒤로 나는 엘리 머리 스타일에 관여하지 않았다. 배준이 쇼핑센터에서 큐빅이 박힌 머리핀을 구경할 때도 우리 딸은 그런

취향이 아니니 단념하라고 말해주었다. 취향이라고, 엘리가 좋아하는 걸 인정해주자고 마음먹었지만 다 이해할 수 있는 건 아니었다. 엘사를 좋아한다면서 엘사가 그려진 빗이나 거울은 싫어했고 '엘사 머리 땋기 인형'이나 '옷 갈아입히기 놀이 세트'도 질색했다. 그러면서 뭘 고를 때면 꼭 엘사색이라고 하면서 파란색 계열의 물건을 집었다.

'El Salvador'

입간판에 찍힌 스텐실의 색이 엘리가 좋아하는 아쿠아 블루다. 엘…… 살바도르. 나는 애써 '엘'의 스펠링에 눈길을 주지 않는다. 간판의 반대쪽 면에는 서핑이란 단어가 영어로 쓰여 있다. 여기구나, 엘사 선생님이 있는 데. 집 나가서 매일 여기 왔구나. 나는 엘사가 서핑하듯 바다를 건너는 영화 장면을 떠올리며 대문 안으로 들어선다.

레몬색 페인트를 칠한 단층 벽에 다홍색 슬레이트 지붕을 얹은 오래된 바닷가 집이다. 그런데 초라해 보이진 않는다. 바닥에 깔린 자갈은 깨끗하고 널찍한 나무 평상에 오리발과 구명조끼 같은 수중 스포츠 장비가 바람에 마르고 있다. 그 뒤로 색색의 서프보드들이 땅에 박힌 지지대를 따라 도미노 블록처럼 기울기를 맞춰 서 있다. 나는 지붕 위로 우산처럼 잎을 드리운 나무를 보며 집 뒤편으로 간다. 도깨비방망이처럼 줄기가 울퉁불퉁한 머귀나무 두 그루가 서 있고, 그 사이에 곰이 와서 누워도 끄떡없을 만큼 큼지막한 오렌지색 해먹이 걸려 있다.

알루미늄 문틀이 열리는 소리가 들리더니 집에서 엘리가 나온다. 나는 보드 뒤로 몸을 숨기고서 엘리를 훔쳐본다. 뒤이어 걸어오는 한 사람. 민소매 상의에 통이 큰 리넨 바지를 입은 짧은 머리의 여자. 당신이군, 내 딸에게 과카몰레 타코를 만들어준 사람. 나는 오리걸음으로 보드 도미노를 통과해 맨 끝에 선 나무 널빤지 뒤에 숨는다.

'태평양, 엘 툰코 해변에서'

초콜릿색 줄이 그어진 널빤지 가장자리에 버닝펜으로 새긴 글씨가 보인다. 뭐야, 또 엘이야?

"이리 와, 여기 있자."

과카몰레가 해먹에 풀썩 주저앉으며 말한다. 크고 선명한 목소리, 약간 쉰소리가 섞여 있다. 해먹 파우치에 가려 얼굴은 보이지 않지만 어깨와 팔이 보인다. 맨살이 드러난 팔뚝이 검게 그을렸고 흙가루를 뿌린 듯한 주근깨와 기미가 가득하다. 거칠고 지저분한 피부에 작은 벌레가 줄지어 기어가는 듯한 레터링 타투가 팔꿈치부터 손목까지 이어져 있다. 뭐라고 쓴 건지 몰라도 엘리 같은 어린애한테 보여줄 만한 어른의 모습은 아니다.

"오늘은 생리해서 나도 물에 못 들어가."

과카몰레가 해먹으로 걸어오는 엘리에게 말한다.

"그럼 오늘은 뭐 해요?"

"이론 공부?"

엘리가 해먹에 앉자 오렌지색 천이 더 넓게 펴지며 과카몰레의 팔과 어깨를 가린다. 엘리, 너 생리를 알아? 그 말을 알아듣는 거야? 나는 몸을 더 수그리며 두 사람이 무슨 말을 하는지 귀 기울인다. 해먹과 연결된 고무줄이 늘어났다 줄어들었다 하는 소리와 함께 매끈한 재질의 종이를 넘기는 소리가 들린다.

"서퍼들은 파도에 이름을 붙여. 파도가 오는 방향, 속도에 따라 이름이 달라."

컬러 프린팅된 광택지를 한 장씩 넘기는 소리. 여러 등분으로 접혀 있는 종이를 펼치는 소리.

"리폼, 이건 부서졌다 다시 물보라가 생기는 파도야. 클로즈아웃, 이건 갑자기 부서지는 파도. 더블업, 이건 두 개였던 파도가 하나로 이어지는 거."

잠시 침묵.

"근데, 난 그게 그거 같아."

과카몰레의 말에 엘리가 웃는다. 웃음소리가 안 들려도, 엘리의 얼굴이 보이지 않아도 나는 느낄 수 있다. 엘리 네가 웃었다는 걸. 비치볼에서 바람이 새어나가듯 널 짓누르고 있던 무언가가 빠져나가며 널 웃게 했다는 걸.

엘리가 좋아했던 어린이집 선생님, 그 노란 차 선생님이 떠오른다. 어린이집 차에 탄 아이들 승하차를 도와주는 짧은 머리의 여자였는데 애가 얼마나 좋아했는지 아침마다 노란색 승합차가 나타나면 두 귀가 새빨개져 발을 동동 굴렀다. 차 문이 열리고 선생님이 두 팔을 내밀면 얼굴 한가득 웃음이 번져 내가 뒤에서 잘 가라고 손을 흔드는 것도 못 보고 선생님에게 안겼지.

그다음엔 편의점 언니. 역시나 목덜미를 드러낸 짧은 머리 스타일에 손님에게 잘 웃지 않는 무뚝뚝한 직원이었는데 둘이 뭐가 통했는지 만나면 동시에 두 사람 얼굴에 웃음이 번졌다. 지금 저 여자처럼. 평소엔 표정 없는 얼굴로 있다 엘리와 말할 땐 다정한 눈빛으로 엘리의 눈높이에 맞춰 허리를 숙였다.

그 언니랑 비슷하네. 어린이집 선생님이랑도 닮았어. 쇼트커트에 어깨가 반듯하고 허리를 편 자세로 성큼성큼 걷는 거. 나는 해먹에서 일어나 평상으로 가는 과카몰레를 보며 생각한다. 장엘리, 넌 왜 저런 스타일만 좋아하는 거야?

"선생님은 엘로 시작하는 단어 중에 어떤 말 좋아해요?"

평상에 널어놓은 도구를 정리하는 과카몰레에게 엘리가 묻는다.

"엘로 시작하는 거?"

과카몰레가 엘리를 돌아보며 말한다. 말하기만 해봐라. 입 밖에 꺼내기만 해봐. 레즈의 '레' 자만 꺼내도 내가 클로즈아웃인가 뭔가 하는 파도처럼 하얗게 부서지게 해줄 테니까.

"지금 떠오르는 건, 러브?"

과카몰레가 아쿠아슈즈를 집으려고 평상의 가장자리로 가자 얼굴이 자세히 보인다. 늙은 여자, 늙고 지치고 세상일에 그다지 관심이 없을 것 같은 여자. 쉽게 마음을 들여다볼 수 없는 눈, 음영이 깊은 코와 광대뼈, 조금 긴 턱 아래 도드라진 쇄골. 겉모습만 봐선 엘사와 전혀 닮지 않았는데 보고 있으면 어딘가 엘사 분위기가 난다.

"로직, 그 단어도 좋아해."

"엘로 시작해요?"

짚 바구니에 물건들을 넣은 과카몰레가 집 안으로 들어간다. 잠시 후 두툼한 책 한 권을 들고나와 엘리와 평상에 앉는다. 나는 오리걸음으로 좀 더 앞의 보드로 옮겨간다. 무릎 위에 책을 펼쳐놓고 손으로 짚어 내려기는 과카몰레.

"여기 있다, 로직."

여자의 손이 멈춘 곳에 엘리가 얼굴을 가까이 댄다. 천천히 엘리가 문장을 읽는다.

"논리란 무엇일까. 논리는 어떻게 해서든지 생명에 대해 설명하라고 한다."

"생텍쥐페리, 《성채》."

과카몰레가 표지를 보여주며 작가 이름과 책 제목을 말해준다. 그러면서 자기가 로직을 왜 좋아하는지 차분히 설명한다. 뒤통수밖에 보이지 않아도 나는 지금 엘리의 표정이 어떨지 안다. 저 애가 어떤 눈을 하고 있을지 상상할 수 있다. 엘사를 보는 눈이겠지. 레이스 장식을 벗어 던지고 모래밭에서 도움닫기를 해 거친 바다로 뛰어드는 엘사, 물살처럼 흘러내리는 푸른색 갈퀴의 말에 빛나는 고삐를 채워 바다를 달리는 엘사. 그 장면을 볼 때 너의 눈빛이겠지.

"보자, 어젠 안 물어뜯었어?"

과카몰레가 엘리의 손에 자기의 손을 포개며 말한다. 나뭇잎의 잎맥을 햇빛에 비춰 보듯 엘리의 손을 위로 올려 손등을 살핀다.

"음, 별로 안 나았는데?"

과카몰레가 말한다. 엘리가 손가락을 움츠리며 등 뒤로 숨긴다.

"소금물에 들어가려면 손이 나아야 해. 계속 모래 위에서 흉내만 내고 싶어? 엘사처럼 파도를 타고 싶지 않아?"

과카몰레의 말에 깊고 진한 향기가 얼굴에 퍼지며 콧등이 아려온다. 향기 나는 거품과 물줄기가 얼굴로 흘러내리는 것 같다. 나는 손으로 땅을 짚고 눈을 감는다. 저 여자가 엘리 마음을 펼치고 있구나. 말린 꽃잎이 따듯한 찻물 안에서 잎을 펼치듯 저 여자가 우리 애 마음을 펼치고 있어.

엘 살바도르 서핑 숍을 뒤로하고 나는 해변으로 간다. 내가 아픈 사이, 아파서 잠들어 있는 사이, 엘리는 성큼 자란 것 같다. 엘리가 자라는 동안 나는 인생의 단락을 건너뛰어 벌써 갱년기가 온 게 아닌가 싶다. 더웠다가 추웠다가 체온이 오락가락하면서 별일도 아닌 일에 눈물이 난다. 이런 게 갱년기 증상이라던데. 울고, 가까운 사람에게 서운해하고, 내 몸이 내 몸 같지 않은 거.

나는 흰 모래밭을 지나 바다가 내려다보이는 오름으로 간다. 방풍림으로 심은 해송을 따라 완만하게 이어지는 흙길을 걸으며 배준과 했던 말을 떠올린다.

'저기 오름 가는 길에 애기달맞이꽃이 있대. 달이 뜨면 연노란 꽃봉오리를 터뜨리고 해가 뜨면 붉게 시든대. 나중에 엘리랑 구경 가지.'

그때 가기로 했던 길을 나 혼자 걷고 있다. 내가 잠든 사이, 누군가 내 머릿속에 식물도감을 입력시켜놓은 것처럼 길에 핀

꽃과 풀의 이름을 다 알 것 같다.

땅을 기듯 옆으로 넓게 퍼지며 자란 남가새 군집, 노란 국화를 닮은 미역취, 바늘꽂이를 올려놓은 듯한 보라색 가시엉겅퀴. 나는 그 식물의 길을 따라 오름의 높은 곳으로 간다. 바다가 내려다보인다. 검은 갯바위 사이사이에 핀 패랭이꽃과 넓적한 줄기에 가시가 돋아난 부채선인장, 그 너머로 파도가 흰 거품을 일으키며 부서진다.

설마 엘사가 진짜 레즈비언은 아니겠지? 〈겨울왕국3〉에서 정말 말을 타고 여자친구를 만나러 가는 건 아니겠지? 아니야, 디즈니가 그런 정신 나간 짓을 할 리 없잖아. 전 세계 어린이들이 얼마나 엘사를 좋아하는데. 감히, 디즈니가.

애오 애오 애오. 괭이갈매기 떼가 운다. 자꾸 눈에 보이지 않는 것까지 보인다. 바닷물이 빠져나간 모래톱, 거기에 박힌 조개와 흐느적거리는 해초들, 깨진 유리 조각과 희고 검은 쓰레기들.

하지만 정말 그렇다면, 엘사가 사랑하는 사람을 만나러 간다면, 그게 잘못된 건 아니잖아. 백설공주도 짝을 만나고, 신데렐라도 왕자랑 커플이 되는데, 우리 엘사라고 사랑하는 사람이 없겠어? 엘사라고 추운 데서 얼음 조각만 만들었다 부쉈다 하고 싶겠냐고. 엘사도 반지 나눠 끼고 싶은 애인이 있을 수 있잖아. 그리고 그 애인이 남자가 아닐 수도 있는 거잖아. 눈사람일 수도 있고 바위처럼 굴러다니는 트롤일 수도 있어. 하지만 여자라면, 짧은 머리에 기미와 주근깨가 가득한 여자라면.

바람이 세게 불어 머리카락을 흐트러뜨린다. 뺨과 이마에 닿는 공기에서 짠 내음이 느껴진다. 발은 그대로 땅에 붙어 있는데 내 몸의 일부가 오름 아래로 뛰어내리는 것 같다.

안 된다는 법은 없잖아. 법으로도 보장해주잖아. 미국은 동성이나 이성이나 두 사람이 원하면 평등하게 결혼할 수 있으니까. 또 어디가 그렇더라. 영국이었나, 캐나다도 그랬던 것 같은데. 지금이라도 배준이랑 이민을 알아봐야 하나. 우린 영어 회화도 잘 못 하는데.

빠르게, 빠르게, 나는 오름을 내려간다. 햇볕을 받아 희게 빛나던 모래사장이 회색 장막을 덮어쓴 듯 어둡다. 어깨가 둥근 남자들이 테이블 사이를 오가며 무지개색 파라솔을 접는다.

놀라지 말자. 소리치지 말자. 엘사가 다음 편에서 누구를 만나든, 누구와 사랑에 빠지든, 화내지 말고 겁먹지 말자. 죽을 뻔한 사고에서도 살아났는데 무서울 게 뭐가 있겠어. 엘리가 수첩에 어떤 말을 쓰든 아직은 글자일 뿐이잖아. 다 내 불안이고 망상일 뿐이야.

나는 집 마당으로 들어선다. 불 꺼진 마루를 지나 침대맡에 켜진 스탠드 불빛으로 간다. 배준이 잠든 엘리 곁에 앉아 있다.

"엘리, 잠깐만 일어나봐."

내가 들어서자 배준이 엘리의 어깨를 감싼다. 소매 끝이 해진 하늘색 셔츠를 입고 잠든 엘리가 몸을 뒤척인다.

"……아빠……."

배준이 엘리를 일으켜 자기 무릎에 앉힌다. 눈을 감은 엘리가 배준의 가슴에 얼굴을 기댄다.

"아빠가 엘리한테 할 얘기가 있어. 지금부터 아빠가 하는 말 잘 들어."

배준이 엘리 이마에 뺨을 대고 말한다. 목소리가 떨리고 있다.

"아빠 말 잘 듣고 잊어버리면 안 돼. 꼭 기억해, 알았지?"

엘리는 잠에 취해 눈도 못 뜨면서 배준의 말에 고개를 끄덕인다.

"아빠에게 제일 소중한 사람은 너야. 아빠는 아빠 자신보다 네가 소중해. 엄마 대신 네가 죽었으면 어땠을 것 같냐고 네가 물었을 때, 그때 아빠가 대답하지 못했던 건, 그건, 마음이 너무 아파서였어. 상상만 해도, 생각하는 것만으로도 아빠는 가슴이 다 부서지는 것 같았어."

엘리가 고개를 들어 배준을 본다.

"그러니까 다시는 그런 생각 하지 마."

배준이 엘리의 손을 쥐고 가만히 입술을 댄다.

"몸에 상처도 내면 안 돼."

주머니를 만들듯 엘리가 다른 쪽 손을 뻗어 배준의 코를 감싼다.
"아빠, 미안해."
"아니야, 아빠가 미안해. 엘리한테 말도 안 하고 빨아서. 우리 엘리가 제일 좋아하는 엄마 옷인데."

*

여름밤, 해변에서 밀려오는 것들. 노점 테이블에 앉아 고기를 굽는 사람들. 캔맥주 따는 소리. 불에 졸인 바비큐 소스와 구운 마늘 향. 도로 턱에 앉아 바닥에 침을 뱉는 웃옷을 입지 않은 남자.

나, 죽은 거야?

입에 담배를 문 남자가 오토바이를 타고 내 앞을 지나간다. 낡은 엔진이 내는 굉음. 등대 없는 밤바다를 향해 막대로 된 폭죽을 터뜨리는 사람들, 카혼 위에 앉아 빠른 리듬을 두들기는 가수, 가로등 아래 모여드는 날벌레, 입을 벌리고 죽은 물고기 머리와 희고 붉은 살점들.

그랬구나. 나는 죽었어. 그때 다 끝난 거야. 브레이크를 밟고 엘리가 차 밖으로 팅겨나간 다음, 단 몇 초 만에 완전히 끝난 거야.

엔딩크레디트가 올라가고도 자리에서 일어나지 못하는 관객처럼 나는 가짜 이야기에 빠져 내 현실을 보지 못했다. 이제 극장 불은 켜졌고 나는 푹신한 관람석에서 일어나 나의 현실로 가야 했다. 그런데 내 현실은 뭐지? 난 어디로 가야 해?

어깨와 팔에 소름이 돋는다. 죽으면 천국에 가는 줄 알았는데, 천국에 가서 하나님 만나는 줄 알았는데. 죽어도 이렇다니, 벌레 물린 것처럼 종아리가 가렵고 콧물이 흐르다니. 죽어서도 이렇게 울 수 있다니.

나는 바다로 이어지는 둑 위를 걷는다. 이제야 엘리의 모습이 제대로 보인다. 시력 교정 안경을 쓴 것처럼 엘리가 쓴 단어들이 눈에 들어온다.

'러브, 라이크, 루즈.' 네가 잃어버렸다 여기며 오선지에 쓴 단어들. 종이를 긁듯 목탄으로 쓴 글자와 검게 번진 자국들. 이로 깨물고 손톱으로 뜯어 고름이 맺힌 입술과 뚝 뚝 머리카락을 뽑아 동전만 한 구멍이 생긴 정수리, 물어뜯고 깨물어 붉은 생살이 드러난 상처투성이 손.

죽었다는 걸 알게 되니 더 죽고 싶은 마음이 드는 건 왜일까. 나는 방파제 끝에 다다라 바다로 뛰어든다. 뛰어든다고 생각했는데 바닷물이 내게 밀려든다. 물에 빠진 나는 어느새 핸들을 꽉 부여잡고 있다.

'이리 오렴, 아가, 집으로 가자.'

나는 차를 후진시킨다. 엘리가 앉아 있던 조수석의 헤드를 잡고 사이드미러와 후방을 살피며 천천히 그곳을 벗어난다. 엘리의 시간으로, 너의 미래로. 내가 모는 흰색 세단은 아직 오지 않은 시간으로 향해간다. 죽었어도 운전 솜씨는 그대로다.

고요한 심해의 길, 물살이 흘러가듯 창밖으로 휙휙 시간이 스쳐 간다. 느리고 아픈 여름을 지나 풍뎅이가 잎을 갉아 먹는 가을까지. 노란 멀구슬나무 열매를 쪼아 먹는 박새와 후박나무 열매를 좋아하는 흑비둘기가 마당에 찾아와 꾸르르 꾸르르 우는 계절. 오름의 둔덕이 억새로 뒤덮인 어느 날, 시속이 그리 크지 않은 태풍이 제주를 스쳐 간다는 소식에 엘리는 서둘러 슈트를 챙겨 입는다. 자기 키보다 큰 서프보드를 머리에 이고 과카몰레 선생님에게로 달려간다. 배준이 싸 준 전복김밥과 보리차를 배낭에 넣고서.

"잘 봐. 파도가 오는 걸 잘 바라봐. 멀리서, 어떻게 오는지 관찰해."

엘리는 보드에 엎드려 과카몰레가 가리키는 지평선을 향해 턱을 든다. 손목과 발목을 덮는 잿빛 슈트를 입고서 흐리고 짙은 바다의 끝을 바라본다. 떠밀려오고 떠밀려가는 흐름에 몸을 맡긴다. 과카몰레가 가르쳐준 거니? 아니면 너 스스로 터득한 거야? 파도타기란 두 발로 서 있는 시간보다 보드에 배를 대고 기다리는 시간이 더 많다는 걸. 나는 느긋한 표정으로 물살에 흔들리는 엘리를 바라본다.

다시 차를 움직인다. 뒤로, 뒤로, 방향을 틀 만한 안전지대까지. 더 먼 바다, 더 먼 미래까지 물러선다. 빛도 소리도 없는 해저로 내려가자 부레가 비치는 투명한 몸의 심해어가 나를 향해 빛을 쏜다. 그 빛을 따라 나는 내가 모르는 곳으로 간다. 서퍼들이 사랑하는 태평양, 엘 툰코 해변까지. 내가 탄 자동차가 물 위로 떠 오르고 불시착한 우주 비행사의 탈출선처럼 파도에 흔들린다.

창밖으로 엘리가 보인다. 크면 어른이 아니라 엘사가 될 것 같다던 너의 미래. 그 미래에서 너는 파도를 탄다. 파도가 오는 방향에 따라 몸의 무게중심을 옮기며 흰 거품을 일으킨다. 이제 파도는 너를 넘어뜨리는 게 아니라 더 높이 들어 올린다. 그런데 저 사람은 누굴까. 너를 지켜보다가 네가 물 밖으로 나오자 크고 부드러운 수건을 펼쳐 네 어깨를 감싸주는 사람. 그 사람이 너의 허리를 끌어안고 뺨에 입을 맞춘다. 설마, 과카몰레는 아니겠지? 나는 어깨를 맞대고 걸어가는 너와 너의 연인을 바라본다. 그 사람이 정말 여자인지, 나이가 몇 살쯤인지, 어떤 표정을 하고 있는지는 보이지 않는다. 단지 하나의 운명 안에서 온전히 기쁨을 누리는 연인의 믿음이 느껴질 뿐. 그리고 차고 짭짜름한 바닷바람.

'괜찮아, 엘리는 살았어.'

살아 있던 순간 내가 마지막으로 했던 생각은 그것이었다. 탱크 트럭과 충돌하면서 일어난 푸른 불꽃이 내 머리카락에 옮겨 붙을 때 나는 신에게 감사했다. 내 딸은 살려주셨군요. 감사합니다. 엘리, 엘리, 나의 하나님. 나에게 숨을 불어넣고 삶을 누리게 한 다음 까만 벌레를 엄지로 눌러 죽이듯 무심하게 내 생명의 빛을 꺼트리셨군요.

밀물과 썰물, 밀어내고 끌어당기는 힘에 이끌려 나는 다시 내 가족이 있는 해변에 다다른다. 발끝에 누군가 버리고 간 막대가 닿는다. 불꽃을 내뿜은 후 껍데기만 남은 폭죽. 나는 막대를 잡고 모래 위에 글자를 쓴다.

Letter, 편지.

크게 크게 알파벳을 쓰고, 내가 하고 싶은 말을 모래에 남긴다.

'안녕, 엘리.'

왜 모래사장에는 늘 그리운 사람의 이름을 쓰게 되는 걸까. 나는 글자 옆에 V를 그리고 그 안에 코와 귀, 두 눈을 그린다. 미래에서 본 엘리의 이마 흉터. 그 흉터에 동물 그림을 그려준다. 너는 반달무늬 흉터를 없애지 않았구나. 몸이 자라고 상처가 줄어들어 마치 여우의 얼굴 같은 삼각형 무늬가 너의 이마에, 너답게 새겨져 있더구나. 그러니 엘리, 이제 엄마 옷은 입지 않아도 돼. 엄마 냄새를 그리워하지 않아도 돼. 엄마를 만나고 싶으면 엘사처럼 네 안의 목소리를 따라가. 왜 그래, 하지 마, 무슨 짓이야? 그렇게 화내는 소리 말고 지금 너에게 닿는 이 말들의 흐름을 따라가. 신나게 보드를 타고 가.

파도가 다가와 내가 그린 그림을 허문다. 나는 더 먼 곳으로 가 글자를 쓴다.

Learn. 배울게. 엄마도 공부할게. 그래서 사람들을 찾아가 보여줄게. 내가 귀신인지 영혼인지 모르겠지만 어쩌면 다른 사람 꿈속에 들어가거나 환상처럼 나타날 수 있을지 몰라. 허공에 단추를 들어 올리거나 벽을 통과할 수도 있을 거야. 아직은 새나 나무 이름밖에 모르는 것 같지만, 엄마도 배울게. 너의 엄마가 되는 법을 배우고 사람들에게 어떻게 설명하면 좋을지 공부할게. 아빠도 배울 거야. 모르면 네가 가르쳐줘. 아빤 네가 웃으면 따라 웃는 사람이니까. 아빤 거기서, 엄마는 여기서, 우리가 목소리를 낼게.

나는 더 깨끗한 모래로 옮겨간다. 누구의 발자국도 찍히지 않은 검은 바위 아래, 손톱보다 작은 조개껍데기들이 박힌 곳, 파도가 밀려와 지울 수 없는 곳에 부드럽게 글씨를 쓴다. 나는 이제야 내가 해야 할 말을 찾는다.

Lesbian.

네가 뭐라고 불리든 너와 너의 연인이 살기 좋은 세상을 만들어주고 싶어. 그러니 당분간 천국에 갈 시간은 없겠어. 천국 대신 교회와 성당에 가서 사람들에게 말해줘야 하니까. 죽으면 어떻게 되는지, 살아 있을 때 뭐가 중요한지, 삶과 죽음, 우리가 단절되어 있다고 믿는 그 사이에 어떤 힘이 있어 우리를 서로에게 연결해주는지. 어떤 논리도 너에게서 기적을 빼앗아가지 못하게 할 거야.

우리 딸, 올가을엔 부디 네가 바다에 푹 잠길 수 있기를. 보드 위에 두 발로 서서 세상에 널 보여줄 수 있기를. 난 벌써 네가 보고 싶어 죽을 것 같아.

작가 노트

1.

내가 다닌 유치원에서는 달마다 생일을 맞은 아이들을 위해 파티를 열었다. 파티의 클라이맥스는 생일이 된 아이가 사람들 앞에 나가 마이크에 대고 좋아하는 이성의 이름을 부르는 것이었다. 호명받은 아이는 생일을 맞은 주인공에게 꽃다발을 목에 걸어주며 뺨에 입을 맞춰주었다. 여자아이는 남자아이를, 남자아이는 여자아이를 불러야 했다.

2.

TV에선 자기 발로 제대로 서지도 못하는 아기 둘을 카메라로 찍으며 '생애 첫 여자친구' '스윗한 남자친구'라는 자막을 붙이고 아이들 관계에 이성애 서사를 덧씌우며 마음껏 유희한다.

3.
좋아하는 이성이 생겨 가슴이 떨린다는 어떤 아이의 일기장을 아이의 양육자가 사진으로 찍어 SNS에 올린 것을 보았다. 그 게시물은 귀엽고 순수하다는 댓글과 함께 수많은 하트를 받았다.

4.
그러므로 나는 여덟 살 엘리가 손가락으로 알파벳 'L'을 만들며 〈겨울왕국〉의 엘사가 여자친구를 찾아가는 이야기를 상상하는 것을 조금도 걱정하지 않는다.

5.
논리란 무엇인가.
나에게 논리란 말 타고 달리는 한 여자가 부르는 세상과 자신을 향한 노래다.

김멜라
소설집 《적어도 두 번》이 있다.

외출금지

1.

  2017년 12월 7일, 희율은 은영에게 호주에 가자고 했다. 호주의 동성결혼 법안이 가결된 날이었다. 희율이 보여준 오픈채팅창에서는 호주 뉴스가 쉴 새 없이 공유되고 있었다. 언제 방영된 지 알 수 없는 다큐멘터리를 캡처한 사진 여러 장이 함께 올라왔다. 호주의 레즈비언 커플이 정자은행을 통해 같은 시기에 임신하고 출산을 기다리는 내용이었다. 사진 속 여자 둘은 엄청나게 부풀어 오른 배에 손을 올리고서 활짝 웃고 있었다. 둘의 발치께에 '엄마와 엄미'라는 자막이 떠 있었다.
  은영은 희율의 이야기를 들으며 몸을 난간 아래로 기울여 바다를 향해 손을 뻗어보았다. 1주년을 맞이해 바다가 보이는 숙소를 예약한 건 은영이었다. 은영은 희율과 햇빛이 부서지는 파란 바다를 보며 감탄하는 상상을 했으나 도착해보니 바다는 햇빛에 빛나지도, 파랗지도 않았다. 은영은 숙소 앞을 지나는 해안도로와 그 너머의 회색빛 바다를 내려다보았다. 파도 소리가 차 소리와 섞여 거대한 기계가 돌아가는 공장 안에 있는 것만 같았다.

"너무 시끄럽지 않아?"

은영과 희율은 방으로 돌아와 창문을 닫았다. 보일러를 최대치로 틀어놓았는지 방은 따뜻하다 못해 더웠다. 은영과 희율은 옷을 하나씩 벗다가 민소매 티셔츠와 팬티 차림이 되었다.

"보일러 줄여달라고 할까?"

"나 그런 거 못 해."

"나도 못 하는데."

둘은 작은 주방에 체크무늬로 배열된 검은색과 흰색 타일에 앉아서 싱크대에 등을 기대고 와인을 마셨다. 터미널에 딸린 편의점에서 가장 싼 와인을 사 온 거였다. 달고 맛있었다. 두 병을 다 비우니 창밖으로 해가 지고 금세 어두워졌다. 허벅지에 닿은 타일이 차가웠다.

"우리 호주 가자." 희율은 검보라색으로 물든 입술을 하고 은영에게로 휙 고개를 돌렸다. "호주 가서 결혼도 하고 애도 낳자. 엄마 둘이랑 딸 둘이랑 해서 여자 넷이 사는 거야."

은영은 희율이 호주에 가자는 이야기를 잠들 때까지 계속할 거라는 걸 알았다. 같은 말을 되풀이하는 건 희율의 술버릇이었다. 그러니까 그건 술주정이었고, 내일이면 희율은 기억조차 못할 거였고, 그래서 은영은 들은 척 만 척하며 창문을 향해 고개를 돌렸는데도, 그랬는데도 마음 어딘가가 먹먹해졌다.

"같이 웨딩드레스도 입고, 부케도 던지고, 응? 친구들 분홍색 드레스 입혀서 들러리 세우고." 희율의 들뜬 목소리가 닫힌 창으로 흘러드는 파도 소리와 뒤섞여 울렸다. "같이 임신하면 베이비샤워도 같이할 수 있잖아. 제왕절개를 같은 날 해서 생일이 같은 아기를 낳는 거야. 생일 파티도 같이하고 얼마나 좋아?"

은영은 창밖의 어둠을 바라보았다. 중학교 때부터 여자를 좋아했고, 연애만으로도 충분히 고통스러웠으므로 결혼은 바라지도 않았다. 자신을 고문하고 싶지 않았다. 아이를 낳는 건 더더욱 생각조차 해본 적이 없었다. 그러나 이성애자로 자라온 희율은 그런 꿈을 꾸어왔는지도 모른다. 아버지의 손을 잡고 버진로드를 걷고, 사랑하는 사람의 아이를 가지는 꿈.

"그래, 가사."

그때 은영은 희율을 위해서라면 무엇이든 할 수 있다고 생각하고 있었다. 그리고 희율과 함께라면 어디든 괜찮다고 믿었다.

　은영과 희율이 정말로 호주에 가게 된 건 그로부터 1년하고도 2개월이 지났을 때였다. 둘은 그간 아르바이트를 늘려서 자금을 모았고, 주 2회 영어회화 학원에 다녔다.
　호주행 비행기에 오르기 사흘 전, 은영과 희율은 마지막 영어회화 학원 수업을 마치고 홍대를 찾았다. 희율이 좋아하던 레즈 클럽에 가기 위해서였다. 희율은 클럽 입구의 두껍고 검은 커튼을 좋아했다. 커튼을 젖히면 조명이 쏟아지는 게 꼭 다른 세계에 들어가는 것 같다면서. 희율은 마지막이라며 양손으로 커튼을 드라마틱하게 확 젖히고는 고개를 들고 눈을 감았다. 색색의 조명이 희율의 얼굴에 부딪혀 빛났다.
　흡연실에서 라이터를 빌리다가 이야기를 나누게 된 여자들이 이름을 물었다. 희율과 은영은 평소처럼 가명을 말했다. 희율이 은영에게 이제 이 이름도 마지막이라고 속삭였다.
　"호주에서는 가명 쓸 필요 없잖아."
　은영과 희율은 술을 많이 마시고 춤을 오래 추었다. 밖에 나왔을 때는 새벽이었다. 길은 한적해져 있었다. 은영과 희율은 니트 모자를 대충 눌러쓰고 목도리를 몇 번 휘감은 후에 비척비척 걸었다. 술기운이 모두 깬 후였는데도 일부러 몸을 부딪치면서

술 취한 흉내를 냈다. 그러다 어디선가 기타 소리가 들렸다.

"가보자."

둘은 고요한 거리를 뛰었다. 불 꺼진 식당 앞에서 기타를 치는 남자애를 발견했다. 앞에는 남녀 커플 하나가 서 있었다. 그 뒤에 은영과 희율도 섰다. 남자애는 마이크나 앰프 없이 기타 가방만 앞에 열어놓고 화단에 앉아서 기타를 치고 있었다. 익숙한 선율이었다. 가요나 팝송은 아닌 것 같았다. 어디서 들은 건지 은영이 골똘히 생각하고 있는데 희율이 작은 소리로 중얼거렸다.

"너는 내 전 남친 모르지. 걔도 홍대에서 버스킹했는데."

희율은 얼굴의 절반을 베이지색 목도리에 파묻은 채로 공연에 눈을 고정하고 있었다. 희율이 은영을 돌아보지 않았으므로 은영도 고개를 돌렸다. 2년이 넘는 시간을 연애하면서 희율은 한 번도 전 남자친구 이야기를 꺼낸 적이 없었다. 은영은 희율처럼 목도리를 코까지 끌어 올렸다.

사실 은영은 희율의 남자친구를 본 적이 있었다. 대학원 종강 파티에 희율을 데리러 왔다가 마주쳤다. 은영이 술집 앞에서 담배를 피우고 있었는데 깡마른 남자 하나가 기타를 메고 걸어오는 게 보였다. 남자는 무테안경을 쓰고 무릎까지 내려오는 검은색 패딩을 입고 있었다. 패딩에 달린 모자의 안감이 위로 봉긋

외출금지

올라와 있었다. 남자가 도착하고 얼마 지나지 않아 희율이 나왔다. 희율은 은영을 발견하고 남자를 은영에게 소개했다. 대충 이름 정도를 말한 것 같은데 은영은 제대로 듣지 않았다. 다만, 희율이 남자 외모는 안 보네, 그런 생각을 했다. 대학원을 한 학기 다니는 동안 희율에게 고백한 남자가 다섯이 넘어간다는 소문이 돌았다. 학과에 친구가 많지 않았던 은영까지 들은 걸 보면 희율이 꽤 유명했던 거다.

"나 너랑 사귀려고 개랑 헤어진 거다? 6년이나 만났는데. 헤어지자니까 개가 엄청 울었어. 나 없으면 삶의 의미가 없다면서. 남자애가 엉엉 우는 거 처음 봤잖아. 거기다 대고 나는 헤어지자고 앵무새처럼 같은 말만 했다니까."

은영은 희율이 남자친구와 문제없이 만나고 있는 것을 알면서도 고백을 했었다. 당시 주말의 대부분을 희율과 보내면서 마음이 커져서 차라리 관계가 끊어지는 것이 낫겠다 싶었다. 이별을 통보하듯이 좋아한다고 말하는 은영에게 희율은 나도 너 좋아한다고 아무렇지도 않게 대답했다. "난 너 진짜 좋아해. 나 레즈비언이야." 희율은 잠시 은영을 빤히 바라보다 웃음을 터뜨렸다. "야, 나도 너 진짜 좋아해. 레즈비언 아니면 진짜가 아니냐?" 은영은 그렇게 희율이 농담으로 상황을 넘기고 다시는 연락하지 않을 거라고 생각했다. 실제로 희율은 그 후로 두 달 정도 연락이 없다가 계절이 바뀌고서야 전화해서 대뜸 만나자고 했다. 준비됐다면서.

"원래는 좋아하는 사람 생겼다고 말하려고 했는데, 그렇게 우는 걸 보니까 말이 안 나오는 거야." 희율이 코를 훌쩍이면서 목도리 안으로 더 깊이 얼굴을 파묻었다. "걔 진짜 불쌍한 애거든."

남자애의 기타 연주는 다른 곡으로 넘어갔다. 기타를 치는 손이 빨갰다. 코도 빨갛고, 귀도 빨갰다. 줄무늬 티셔츠에 남색 모직 코트를 입고 모자도 목도리도 하지 않고 있었다. 앞에 놓은 기타 가방에는 1000원짜리 몇 장이 다였다. 은영은 그만 가자고 희율의 팔을 끌었다. 희율은 순순히 은영을 따라 걷다가 불쑥 이어폰을 내밀었다.

"걔 노래 들어볼래?"

은영이 됐다고 대답하기도 전에 희율은 은영의 니트 모자를 들어 올려 귀에 이어폰을 꽂았다. 차가운 바람이 귀를 할퀴듯 스쳤다. 그리고 탁하고 힘이 없는 남자의 목소리. 노래는 몇 가지 음에서 벗어나지 않았고, 후렴이라고 할 것도 딱히 없었다.

"이런 어두운 노래 별로야."

은영은 한 곡을 다 듣지도 않고 이어폰을 뺐다.

"네가 그런 말 하니까 웃긴다."

희율은 양쪽 귀에 이어폰을 끼고는 은영을 보고 웃었다.

2.

2019년 3월 2일, 오후 7시 30분에 은영과 희율은 시드니 시청 근처의 게스트하우스 공용 거실에 있었다. 마디 그라스 퍼레이드가 시작한 시간이었다. 퍼레이드에 대해 알지 못했던 희율은 언제나 북적이던 거실에 그날따라 아무도 없는 것이 이상하다고 했다.

은영은 전자레인지에 냉동 라자냐를 돌리고 냉장고에서 샐러드 키트를 꺼냈다. 은영이 테이블에 접시와 포크, 나이프를 차례로 내려놓는 동안 희율은 노란색 소파에 반쯤 일어나 앉아서 벽을 향해 몸을 틀어 게시판을 살펴보았다. 게시판에는 시내 지도와 당일치기 여행 정보지가 테이프로 엉성하게 붙어 있었고, 그날의 퍼레이드 소식 역시 거기 있었다. 희율이 포스터를 집어 들고 은영을 불렀다.

"퀴어 축제 하나 봐."

마디 그라스, 즉 '재의 수요일' 전날인 '기름진 화요일'에 시드니에서 매년 국제적인 규모의 퀴어 축제가 열린다는 것을 은영은 알고 있었지만 희율에게 미리 말하지 않았다. 희율이 알게 되면 가고 싶어 할 것이 뻔했다. 은영은 싫었다. 가기도 싫었고, 가기 싫은 이유를 설명하기도 싫었다.

  은영은 한국에서 퀴어 문화축제에 참여한 적이 있었다. 아직 누구에게도 커밍아웃하기 전이라 주저하던 은영에게 당시 여자친구가 그럴수록 가야 한다고 했다. "인정하고 축하하러 가는 거야." 여자친구는 선언하듯 말했다. 동성애 인권 단체에 속해 있었던 여자친구와 함께 무지개 깃발을 따라 걸었다. 보라색 단체 티셔츠를 입은 여자친구는 노래를 따라 부르고 손뼉을 쳤다. 즐거워 보였다. 은영은 즐겁지 않았다. 거리를 걷는 행인들을 살폈고, 누군가 휴대폰을 들어 올릴 때마다 사진에 찍힐까 봐 고개를 획 돌렸다. 무서웠다. 결국, 혼자 대열에서 빠져나왔고 그날 여자친구와 헤어졌다.

  예상했던 대로 희율은 마디 그라스 퍼레이드에 가자고 했다.

  "명색이 레즈비언인데 이런 데 빠질 수 없지."

  희율의 말에 은영은 자기도 모르게 코웃음을 쳤다.

  "야, 솔직히 네가 레즈는 아니지."

  희율은 불쾌한 기색을 드러냈고, 둘은 잠시 말다툼을 했다. 희율이 은영을 노려보다가 라자냐와 샐러드를 접시에 담아 들고 소파에 앉았다. 은영과 테이블에 마주 앉아서 먹기 싫다는 뜻으로 은영은 이해했다. 은영도 음식을 접시에 옮겨 담아 희율 옆에 앉았다. 다행히 희율은 더 싫은 티를 내지는 않았다. 희율이 무릎에 접시를 놓고 라자냐를 잘게 써는 동안 은영은 말없이 텔레비전을 틀어 채널을 이리저리 돌렸다. 그러다 마디 그라스 퍼레이드 장면이 나왔다.

 벌써 어둑해진 길을 무지개 깃발이 잔뜩 꽂힌 소방차와 경찰차가 지나갔다. 노란색 베레모에 선글라스를 쓴 중년의 여자들이 손을 흔들며 걸었다. 빨간색과 금색이 섞인 전통 의상을 수영복으로 개조해서 입은 동양인들이 손뼉을 쳤다. 팬티만 입고 몸에 잔뜩 기름을 바른 남자들이 덤블링을 했다. 핑크색 날개를 단 노인들이 지나갔다.

 퍼레이드 대열을 보고 있는 관중들이 길을 가득 메우고 있었다. 뒤편에선 다른 이의 어깨에 올라탄 사람들이 적잖이 보였다. 모두가 눈을 빛내며 환호하고 있었다. 무지개 깃발을 흔들고 휘파람을 불고 손뼉을 쳤다. 그러나 은영이 울었던 건 그들의 환한 얼굴 때문이 아니었다. 마디 그라스 퍼레이드를 생중계하는 텔레비전 채널이 호주 공영 채널이었기 때문이었다. 은영이 울자 희율은 은영의 머리를 끌어당겨 자신의 어깨에 기대게 했다. 은영은 희율의 어깨에 기대 눈물을 훔치고 샐러드를 손으로 집어 먹으면서 퍼레이드를 끝까지 보았다.

희율은 퍼레이드가 열린 지역, 달링허스트의 작은 카페에서 일하게 되었다. 달링허스트 대부분의 상점이 그렇듯 그 카페에도 여기저기 무지개 스티커가 붙어 있었다. 은영도 그 지역의 카페와 식당에 이력서를 돌렸지만 연락을 받지 못했고, 몇 주가 지나 한인타운의 고깃집에서 주방보조 일을 하게 되었다. 수십 명의 한국인과 일을 하면서 은영은 그곳이 한국보다 더 한국이라는 것을 알아챘다.

둘은 희율이 일하는 달링허스트에 집을 얻었다. 방 하나에 거실과 주방이 딸린 작은 스튜디오였다. 집 근처에는 보도에 테이블을 내놓은 작은 카페가 많았다. 유리창에는 무지개 스티커가 붙어 있고, 바에는 무지개 깃발이 꽂혀 있었다. 은영과 희율은 함께 쉬는 날이면 카페들을 돌아다니며 보도의 테이블에 앉아 햇빛에 눈을 찡그리며 책을 읽었다.

그날도 은영은 희율과 동그란 테이블에 마주 보고 앉아 한국에서 그날 아침에 도착한 책을 읽었다. 은영의 전 연인이 쓴 책이었다. 그녀는 웹진에 에세이를 연재하면서 비밀 임무를 수행하듯 동성애 코드를 집어넣었다. 1년 치 에세이에 다른 글들을 섞어 자비출판을 했는데 그렇게 묶어놓고 보니 누가 봐도 레즈비언 책이 되고 말았다.

"이제 얘도 벽장이길 포기한 건가. 일부러 헤녀들하고만 어울리고 그러더니."

전 연인의 연애사를 읽다가 기분이 묘해진 은영이 혼잣말처럼 중얼거렸다.

"레즈 용어 좀 그만 써. 찐따 같아."

희율이 책에 시선을 고정한 채 말했다. 은영은 말없이 희율을 바라보았다. 한참이 지난 후에야 희율은 고개를 들어 은영과 눈을 맞췄고, 눈이 조금씩 커졌다.

"아니, 그게 아니라, 내 말은……. 우리 그런 암호 필요 없잖아, 이제." 희율은 책을 덮고 은영의 옆자리로 옮겨왔다. "길에서 레즈비언이라고 소리쳐도 뭐라고 하는 사람 없을걸?"

은영은 아무 말도 하지 않았다. 희율은 주위를 둘러보았다. 희율의 시선이 옆 테이블에서 멈췄다. 머리를 단정하게 묶은 남자가 노트북에 무언가 열심히 쓰고 있었다.

"저기요," 희율이 그 남자를 향해 손을 흔들었다. 남자가 노트북에서 눈을 떼고 희율을 쳐다보자 희율이 큰 소리로 말했다. "우리는 레즈비언이고 커플이에요."

남자는 이마를 찡그리면서도 입꼬리를 들어 올렸다.

"우리는 서로를 아주 사랑해요."

희율의 말에 남자가 "좋겠어요"라고 대답하고 다시 노트북의 자판을 두드리기 시작했다. 그 대답에 은영은 웃음을 터뜨렸다.

둘은 키득거리며 테이블에서 일어났다. 한참을 손을 잡고 걷다가 사거리에서 멈춰 섰다. 퇴근 시간이라 오가는 사람이 많았다. 희율이 불쑥 은영의 앞을 가로막고 섰다. 그러고는 은영의 양 볼을 잡고 입을 맞췄다. 신호가 바뀌었는지 사람들이 둘의 옆을 지나갔다. 희율은 은영에게서 떨어지려 하지 않았고, 둘은 사거리에 서서 오래 키스를 했다.

그날 밤, 은영은 희율이 잠든 모습을 오래 바라보았다. 맑고 편안해 보였다. 은영은 희율의 얼굴을 쓰다듬으려다 말았다. 희율의 손길에 몇 번 잠에서 깨 짜증을 냈던 적이 있었다. 희율은 은영이 자면서 인상을 쓴다며 미간을 펴주는 거라고 했다.

은영은 엄마의 잠든 모습을 바라보았던 것을 떠올렸다. 소파에서 몸을 웅크리고 잠든 엄마는 미간을 잔뜩 찌푸리고 있었다. 소파 앞 테이블에는 반쯤 비운 소주병과 잔이 놓여 있었고, 텔레비전이 틀어져 있었다. 은영이 엄마에게 커밍아웃을 하고 일주일이 지났을 때였다. 은영이 여자를 좋아한다고 하자 엄마는 가만히 은영의 말을 듣기만 했다. 그러다 어느 순간 엄마가 울음을 터뜨렸다. "다른 사람들한테는 말하지 말자." 울음을 그치고 엄마는 그렇게 말했다.

은영은 맑은 희율의 얼굴을 바라보았다.

너는 나를 사랑해서 괴롭지 않았어? 네가 나를 사랑한다는 것이 수치스럽지도, 두렵지도 않았어? 나를 사랑하는 마음을 의심하지도, 부정하지도 않았어? 네 사랑이 너 자신을 혐오하게 만들지 않았어? 네 사랑이 네 가족을 울게 하지 않았어?

네 사랑은 아프지 않지. 네 사랑은 밝고 빛나지. 너는 환하게 웃고 떳떳하게 울지. 눈치 보지 않고 거짓말하지 않지, 네 사랑은.

3.

매년 6월이 '성 소수자 인권의 달'인 것은 은영도 알고 있었다. 동성애 인권 단체에서 활동하던 여자친구를 따라 관련 행사를 도운 적도 있고, 그녀와 헤어진 후에도 퀴어 영화제에 다니곤 했다. 전 여자친구를 마주치게 될까 봐 모자를 눌러쓰고 고개를 숙이고 영화관에 들어갔지만, 영화가 끝나고 나올 때면 마지막까지 남아 먼저 일어서는 관객들을 훑어보았다.

호주에서 6월은 'Pride month'라고 불렸다. 은영과 희율이 살고 있는 달링허스트(Darlinghurst) 거리는 무지개색 깃발로 가득 찼다. 상점마다 각종 프로그램이 담긴 포스터가 붙었다. 퀴어 스탠드업 코미디 쇼가 있었고, 퀴어 행진이 있었고, 퀴어 역사의 발자취를 따라가는 시내 투어가 있었고, 퀴어 디제이가 여는 파티가 있었고, 퀴어 전시가 있었고, 퀴어 시상식이 있었다.

 은영은 희율의 커피숍에서 희율이 끝나기를 기다리면서 포스터에 쓰여 있는 'Pride'라는 단어를 들여다보았다. 자부심? 긍지? 자랑스러운? 은영은 전 여자친구가 한국의 퀴어 문화 축제에 데려가기 위해 했던 말을 기억했다. 인정하고 축하하러 가는 거야. 여자를 좋아하는 것이 인정받고 축하받고 자부심을 느껴야 하는 일인가? 은영은 여자를 좋아한다고 써 붙이고 대로를 걸으면서 나는 여자를 좋아하는 게 자랑스럽다고 소리치고 싶지 않았다. 그렇게까지 하고 싶지 않았다. 그렇게까지 하지 않아도 되기를 바랐다. 그저 외면당하지 않고 미움받지 않고 배제되지 않기를 바랐다.

 은영은 포스터를 꼼꼼히 읽었다. 퀴어 디제이가 여는 파티가 가까이에서 열렸다. 파티는 다음 날이었지만 은영은 당장 그곳에 가야겠다고 생각했다. 퀴어 클럽에서 엉망으로 취하면 여자로 태어나 여자를 좋아하면서 가지게 된 긍지를 깨달을 수 있을까? 그게 뭐든 간에 희율은 인정하고 축하해주지 않을까? 은영은 한국의 레즈 클럽에서 희율이 호주에서는 가명이 필요 없다고 했던 말을 떠올렸다. 은영은 은영으로, 희율은 희율로. 그 무엇도 외면하지도 미워하지도 배제하지도 않으면서.

은영과 희율은 먼저 술 가게에 갔다. 호주의 술집은 비쌌고, 둘의 시급으로는 절대 취할 때까지 마실 수 없었다. 술 가게에서 8불짜리 와인을 두 병 집어 들고 고민하는데 낯선 목소리 하나가 불쑥 끼어들었다. 고개를 돌려보니 구불거리는 금발을 어깨까지 늘어뜨린 남자가 서 있었다. 남자의 영어를 단번에 알아듣지 못해서 얼굴을 빤히 보자 그가 다시 천천히 말해주었다.

"그거 별로라고."

남자는 몸을 구부려 진열장 아래쪽에서 와인 한 병을 꺼냈다. 그제야 남자가 검은색 플레어 치마와 망사스타킹을 입고 있는 것이 눈에 띄었다. 희율이 남자, 아니 여자가 건넨 와인을 받아 들었다. 은영은 먼저 가격을 살폈다.

"이거 비싸. 우리 돈 없어."

"아……."

여자는 은영과 희율을 옆 칸으로 이끌었다.

"그럼, 이거."

널빤지 상자 위에 와인병이 무더기로 놓여 있었다. 하얀색 라벨에 '클리어스킨'이라고 쓰여 있었다. 여자는 '익명의 와인'이라고 했다. 양조장에서 재고 처리를 하기 위해 와인을 싸게 팔 때 브랜드 이름을 떼고 '클리어스킨' 라벨을 붙인다는 것이다. 브랜드 가격을 낮추는 것이 마케팅에 별 도움이 안 되니까 하는 일이라면서 사실은 다 좋은 와인이라고 했다.

"팔리지 않았을 뿐이지."

여자는 그중 하나를 집어 들어 은영과 희율에게 건넸다.

클리어스킨을 단숨에 비우고 찾은 퀴어 클럽은 모서리가 둥근 3층 건물 전체를 쓰고 있었다. 핑크색 조명이 둘러싼 간판 옆에 무지개색 깃발이 달려 있었다. 입구에 줄을 서 있는 사람 중에 색색의 가발을 쓴 사람이 여러 명 눈에 띄었다.

복도에 들어서 양초를 빼곡히 채워놓은 벽난로를 지나자 커다란 홀이 나왔다. 붉은색 조명이 비추는 미러볼이 천장 중앙에 달려 있었고, 그 아래 사람이 가득 차 있었다. 다들 술잔을 들고 있었다. 춤을 추는 사람은 없었다.

은영과 희율은 인파를 헤집고 바에서 와인 한 잔씩을 주문한 후에 홀을 둘러보았다. 한쪽에 테이블이 여러 개 있었지만 비어 있는 의자가 없었다. 앉아 있는 사람보다 서 있는 사람이 훨씬 많았다. 은영과 희율도 엉거주춤 서서 와인을 마셨다. 둘의 옆에서 수염이 긴 남자 둘이 열정적으로 키스하고 있었다.

"여기는 네가 좋아하는 암막 커튼이 없네."

은영은 남자들에게서 몸을 돌려 창밖의 줄을 서 있는 사람들을 보며 말했다.

"뭔 소리야. 나 그 커튼 싫어."

"에? 좋아했잖아. 주말마다 커튼 집 가자고 했으면서 왜 딴소리야."

"갈 데가 거기밖에 없었으니까 갔던 거지." 희율의 얼굴에 붉은 조명이 어른거렸다. 조명이 눈에 닿을 때마다 희율은 눈을 살짝 찡그렸다. "밖에서 보면 클럽인 줄도 모르고. 비밀 기지처럼. 아니, 무슨 불법 소굴도 아니고 실내에서 담배를 그냥 피우고."

그때 누군가 은영의 어깨를 톡톡 두드렸다. 은영은 놀라서 와인을 쏟을 뻔했다. 술 가게에서 만났던 금발 여자였다. 여자는 대뜸 자신이 추천한 클리어스킨이 어땠느냐고 물었다. 은영은 그냥 고개를 끄덕이고 말았지만, 희율은 정말 맛있었다고 소리쳤다. 희율이 필요 이상으로 크게 소리를 쳐서 은영은 희율이 취했다고 생각했지만 붉은 조명 탓에 얼굴이 온통 붉으니 알 수 없었다.

여자는 혼자 왔는지 은영과 희율 옆에서 수다를 떨었다. 먼저 간 술집에서 오래전에 헤어진 전 남자친구를 만난 이야기였다. 전 남자친구가 그 술집에서 노래를 부르고 있어서 바로 나왔는데 생각해보니 자신이 왜 나왔는지 모르겠다고 했다. 그 말에 희율이 손뼉을 쳤다.

"내 전 남친도 노래 부르는데!"

여자의 눈이 커졌다.

"남자친구? 너희 둘이 커플인 줄 알았는데."

"커플 맞아. 전 남친이라고 했잖아. 지금은 레즈비언이야."

"얘는 레즈비언 아니야." 은영이 끼어들어 말했다.

"양성애자구나?"

"아니, 얘는 그냥 이성애자야. 그냥 잠깐 호기심으로 즐기는 거지."

"야, 이은영." 희율이 은영 쪽으로 얼굴을 돌렸다. 얼굴이 굳어 있었다. "지금 뭐 하자는 거야?"

"너 되게 선택적으로 레즈비언 한다."

"뭐?"

"말이 좋아 양성애자지 그냥 너 좋은 대로 하다가 싫어지면 발 빼겠다는 거잖아. 두고 봐라. 너 다시 남자 만날걸? 네가 무슨 레즈라고."

은영과 희율이 한국어로 싸우는 것을 가만히 지켜보던 금발 여자는 둘 사이에 끼어들어 팔짱을 꼈다. 그리고 다짜고짜 잡아 끌어 가까운 테이블로 향했다. 한국이었다면 은영은 여자의 손을 뿌리치면서 지금 뭐 하는 거냐고 따지거나, 희율과 더 할 말이 있으니 내버려두라고 했을 텐데 영어로는 단번에 말이 튀어

나오지 않았다.

스툴 여섯 개가 놓인 직사각형 테이블에 네 명이 앉아 있었다. 여자는 테이블 끝에 은영과 희율을 앉히고 자신은 모서리에 섰다. 여자는 사람들에게 인사를 하고 은영과 희율에게도 인사를 시켰다. 그제야 여자의 이름을 들었다. 애니. 은영은 애니가 여자의 본명일까 잠시 생각했다.

테이블에는 세 명의 남자와 한 명의 여자가 있었다. 오가는 말을 들으니 애니도 처음 보는 사람들 같았는데, 은영을 제외한 사람들은 곧장 활발하게 이야기를 나누기 시작했다.

은영은 옆에 앉은 남자에게로 완전히 몸을 돌리고 앉은 희율을 쏘아보았다. 몸집이 크고 짙은 색 머리를 하나로 묶은 남자도 희율에게로 몸을 돌리고 있었다. 남자는 희율에게 자신이 혼자 환경단체를 만들어서 멸종 위기 동물을 돕고 있다고 했다. 그러고는 대뜸 자신이 양성애자라고 했다.

"그럼 지금 애인은 남자야, 여자야?"

희율이 남자에게 물었다.

"지금은 애인 없어."

"여기 괜찮은 남자들 많잖아. 골라봐."

"난 너랑 자고 싶은데?"

남자의 말에 은영은 참지 못하고 몸을 앞으로 내밀며 남자에게 소리쳤다.

"얘 내 여자친구야."

"아, 미안. 몰랐네."

"이번엔 나 레즈비언이야?" 희율이 은영에게 비아냥거리듯이 물었다. "존나 선택적이네."

새벽 2시가 지났다. 속이 거북하다고 바람을 쐬겠다고 나간 희율이 돌아오지 않았다. 은영은 창밖의 길을 눈으로 훑었으나 희율이 보이지 않았다. 은영은 결국 희율을 찾아 자리에서 일어났다. 희율은 화장실로 통하는 복도에 엉덩이를 깔고 앉아 있었다. 언제 이렇게 엉망으로 취한 건지. 은영이 일어나라고 소리쳤지만 희율은 미동도 하지 않았다. 은영은 쭈그리고 앉아 희율의 어깨를 흔들었다. 그러자 희율의 몸이 그대로 옆으로 넘어가 바닥에 쓰러지고 말았다. 벌어진 입에서는 게거품이 배어 나왔고 치마 아래로는 오줌이 흘러내렸다. 은영이 겁에 질려 희율을 잡아 흔들고 뺨을 때렸지만 희율은 일어나지 않았다.

"술을 얻어 마시면 안 되는데."

목소리가 들리는 쪽으로 고개를 돌려보니 망사스타킹을 신은 단단한 다리가 눈에 들어왔다. 애니였다. 애니가 은영의 옆에 쭈그려 앉았을 때에야 은영은 자신이 엉망으로 울고 있었다는 것을 알았다.

"항상 자기 잔을 잘 보고 있어야 돼. 고개만 돌려도 약을 타고 간다니까."

애니가 희율의 겨드랑이에 팔을 끼워서 일으켰다. 희율의 몸이 축 늘어졌다. 은영은 소리를 지르지 않기 위해 이를 악물었다.

"여기는 호주야. 너희처럼 작고 예쁜 아시아 여자들은 더 조심해야 해. 세상이 무섭다니까."

다음 날 희율은 아무것도 기억하지 못했다. 은영은 희율이 처음 보는 사람들과 어울려 그렇게까지 술을 마신 게 화가 났다. 둘은 서로에게 물건을 집어 던지며 싸웠다. 그 이후로도 일주일에 한 번씩 맞춰놓은 알람이 울리듯 다퉜다. 은영은 희율이 제멋대로인 데다 책임감이 없다고 했고, 희율은 은영이 자기 세계에 갇혀서 타인과 관계 맺을 줄 모른다고 했다. 정말 지긋지긋하다고, 끔찍하다고 소리치다가도 다음 날이면 같이 밥을 먹고 섹스를 하고 이모티콘을 섞어 메시지를 보냈다. 그렇게 해가 바뀌는 동안 둘은 비난하고 저주하고 애정을 퍼붓고 살을 비비며 살았다. 그사이 은영은 조건이 더 나은 카페로 옮겼고, 쿠키를 진열하면서 중국 우한에 관해 들었다.

흥미로운 외신 뉴스 중 하나일 뿐이었다. 호주는 평소와 다름 없었다. 은영이 일하는 카페 역시 언제나처럼 바쁘게 오가는 사람들로 붐볐다. 그러다 어느 순간, 마스크를 쓰는 사람들이 눈에 띄기 시작했다. 사장의 지시에 따라 은영과 카페의 다른 직원들도 마스크를 쓰게 되었다. 그러나 이내 마스크를 사기가 어려워졌다. 사재기 때문이었다. 동이 난 건 마스크뿐만이 아니어서 휴지와 생수, 진통제, 파스타를 사려면 아침 7시부터 마트 앞에 줄을 서야 했다. 이 모든 변화가 너무 갑작스러워 은영이 의아해하고 있을 때 셧다운이 시작되었다.

4.

2020년 3월 22일, 다음 날 정오부터 셧다운이 시작된다는 발표가 있었다. 은영의 커피숍 사장은 직원들에게 내일부터 출근하지 말라고 했다. 불과 나흘 전에 총리 발표가 있었고, 우려하는 락다운 같은 봉쇄령은 없을 것이라고 했었기에 은영은 당황스럽기만 했다. 희율에게 연락해보니 희율도 오늘까지만 출근한다고 했다.
"놀면 좋지 뭐. 오늘 파티하지."
희율의 목소리가 밝아서 은영은 마음속에서 소용돌이치던 것이 일순간 잠잠해지는 느낌이 들었다. 희율이 요리를 하겠다고 했고, 은영은 술 가게에 들러 클리어스킨 와인을 샀다. 종이봉투에 담긴 와인을 들고 집에 들어서니 달콤한 냄새가 났다.

주방에 들어서자 초록색 냄비를 들여다보고 있던 희율이 고개를 들고 왔냐고 인사하며 활짝 웃어 보였다. 테이블 위에 올려져 있는 블루투스 스피커에서 탁한 목소리가 흘러나왔다. 나른한 기타 선율. 힘없는 목소리. 은영은 단박에 그게 누구의 노래인지 알아챘다. 굳은 얼굴을 보이고 싶지 않아 와인을 테이블에 내려놓고 돌아섰다. 등 뒤에서 희율이 노래를 따라 흥얼거리는 소리가 들렸다.

은영은 샤워를 하면서 희율이 그 노래를 들려준 날을 떠올렸다. 텅 빈 거리. 베이지색 목도리에 얼굴을 파묻고 혼잣말하듯 중얼거리던 희율. 희율이 은영의 니트 모자를 들어 올려 이어폰을 꽂았을 때 귀에 닿았던 차가운 바람. 은영은 샤워기에서 떨어지는 물을 맞으면서 욕조 바닥에 쭈그리고 앉았다. 시간이 지나, 더 지나, 그날이 잊힐 만큼 오늘도 잊힐 만큼 오래 지난 어느 날이 은영에게로 후드득 떨어져 내렸다. 은영이 가본 적 없는 낯선 길에서 은영이 아닌 다른 이의 손을 잡은 희율이 중얼거리는 소리가 욕실에 울렸다. 걔 정말 불쌍한 애야.

둘은 테이블에 마주 앉아 희율이 요리한 스튜와 함께 클리어스킨 와인을 마셨다.

"이번엔 망했다. 맛이 없네."

"왜, 괜찮은데."

"아냐, 맛이 없어. 역시 싸다고 불량을 사는 게 아닌데."

"말을 꼭 그렇게 해야 해?"

은영은 둘이 또다시 싸우게 되리라는 것을 알았다. 그 싸움을 자신이 원하고 있었다는 것도.

"너랑 있으면 숨이 막혀."

한참 서로 소리를 높이다 정신을 차려보니 와인병이 바닥에 나뒹굴고 있었다. 은영이 와인병을 던진 거였다. 조금 남아 있던 붉은 와인이 벽과 바닥에 흩뿌려졌다. 은영이 있는 힘껏 던졌는데도 와인병은 깨지지 않았다. 희율은 자기 발밑에 떨어진 와인병을 내려다보았다.

"너는 나를 다치게 하고 싶은 거야."

은영은 희율의 말을 부정하는 대신 와인병을 집어 들고 바닥과 벽에 묻은 와인을 닦아냈다.

"너는 나를 상처 주고 싶은 거야." 희율의 목소리가 떨렸다. "너는 내가 쓰러졌다고 화를 냈어. 내가 누군가 탄 약을 먹고 오줌을 지린 것을 부끄러워하고, 범죄를 저지르려는 남자들의 손에 노출되어 있었던 것을 비난했어. 나는 그 일로 너한테 용서를 받아야 한다고 느꼈어. 그런데 왜?"

 은영은 희율을 바라볼 수 없었다. 와인을 다 닦아낸 후 다용도실의 싱크대에서 걸레를 빨았다. 붉은 물은 쉽게 빠지지 않았다. 다시 주방으로 나왔을 때 희율은 더 이상 거기 없었다. 은영은 붉게 물든 걸레를 들고 텅 빈 테이블을 가만히 바라보았다.

 둘은 헤어지기로 했다. 희율이 나가겠다고 했다. 은영은 자신의 베개를 거실의 소파에 옮겨놓았다. 희율은 불편하지 않겠냐고 묻고는 최대한 빨리 방을 찾겠다고 덧붙였다. 은영은 어떻게 대답해야 좋을지 몰라서 그저 고개만 끄덕였다.
 며칠간 둘은 하루에 두세 마디를 주고받으며 지냈다. 밥 먹을 거냐고 은영이 묻고 희율이 괜찮다고 했다. 방에 딸린 화장실에 가도 되겠냐고 은영이 묻고 희율이 그런 건 물어보지 말라고 했다. 마트에 가는데 필요한 거 없냐고 은영이 묻고 희율이 없다고 했다. 은영은 마트에서 돌아오는 길에 있는 공원에서 걸음을 멈췄다. 가슴에서 무언가 치밀어 오르는 것을 도로 삼키려 애쓰다 주저앉아 양손에 얼굴을 묻었다.
 집에 와 장 본 것을 부려놓고 소파에서 깜빡 잠이 들었다가 눈을 떴는데 앞에 희율이 서 있었다. 은영은 벌떡 몸을 일으켰다.
 "당장 이사 갈 방을 찾기가 쉽지 않네. 우선 에어비앤비로 방을 구했어. 거기서 지내면서 방 찾아보려고."

"그럴 것까지 없어. 얼마 더 이렇게 지내면 되지."

"아냐, 벌써 예약했어. 내일 나갈 거야. 오늘 밤만 소파에서 자면 돼."

희율이 은영의 대답을 기다리지 않고 방으로 들어가버려서 은영은 그렇게 급하게 나갈 필요 없다고 말하지 못했다. 소파에서 자는 것도 그리 나쁘지 않다고 말하지 못했다. 정말 괜찮으니까 천천히 방을 알아보라고 말하지 못했다.

닫힌 문틈으로 바퀴가 구르는 소리, 지퍼가 열리는 소리, 서랍이 열리고 닫히는 소리가 새어 나왔다. 다시 지퍼가 닫히고 바퀴가 굴렀다. 그리고 적막해졌다.

그날 밤 은영은 소파에서 오래 잠들지 못해 뒤척였다. 그리고 다음 날, 호주 전역에 외출금지령이 내렸다.

필수적인 이유가 아니면 외출이 금지된다고 했다. 은영은 일과 교육, 의료, 식료품 구매, 운동과 같은 필수적인 이유 리스트를 받아 적었다. 2인 이상 집합금지 조항 중에 같은 주소에 사는 경우는 해당하지 않는다는 것도 받아 적었다. 은영은 희율과 같이 뭘 할 수 있을까 생각하다가 닫힌 방문을 보고 고개를 저었다. 희율은 그 무엇도 같이하려고 하지 않을 것이다.

그날 아침, 희율이 캐리어를 끌고 방에서 나왔을 때 은영은 외출금지령을 이야기해야 했다. 희율은 당황한 얼굴로 그게 뭐냐고 물었다. 은영은 자신도 잘 모른다고 대답할 수밖에 없었다. 희율도, 은영도, 그 누구도 겪어본 적이 없는 일이었다.
"경찰이 다니면서 검문을 할 건가 봐. 에어비앤비 숙소로 옮겨야 하는 필수적인 이유를 생각해두는 게 좋을 것 같아."
은영의 말에 희율은 잡고 있던 캐리어를 노려보았다.
"그런 게 있을 리 없잖아."
은영은 연인과의 결별이 필수적인 이유가 되지 않겠느냐고 농담을 건네려다 말았다. 희율이 웃지 않을 것 같았다.
다시 전처럼 희율은 방에서, 은영은 거실 소파에서 지냈다. 희율은 은영이 묻는 말에 대답조차 하지 않았다. 화장실에 가면서 살짝 돌아보면 침대 끝에 걸터앉아 창밖을 보고 있었다. 은영도 거실로 나와 방과 같은 방향으로 난 창문을 바라보았다. 희율이 뭘 보고 있었을까 생각하면서.
희율은 거의 먹지 않았다. 은영이 불을 끄고 누웠을 때 방에서 나와 주방에서 뭔가를 먹는 것 같기는 했다. 그러나 다음 날 냉장고를 보면 그대로였다. 빵과 과자 정도만 먹는 것 같아서 은영은 마트에 가서 빵과 과자를 사놓았다.
외출금지령이 실행되고 며칠 후, 최소 90일간 외출금지령을 유지한다는 추가 발표가 있었다. 은영은 잠시 생각하다가 희율의 방문을 두드렸다. 희율은 고개를 푹 숙이고 침대 모서리에 앉아 있었다. 은영은 뉴스를 전했다. 희율이 천천히 고개를 들었는데 얼굴이 온통 일그러져 있었다. 눈에 커다란 구멍이 뚫려 있어서 보고 있으면 어둠 속으로 빨려 들어갈 것 같았다. 은영은 돈이 충분한지 물었다. 부족하면 보내주겠다는 말도 덧붙였다. 희율은 대답이 없었고, 은영은 그대로 방을 나왔다. 거실 소파에 앉아서야 은영은 깊은숨을 몰아쉬었다.

은영은 한국에 가는 비행기표를 찾았다. 국경봉쇄로 항공 일정이 모두 취소된 상태였다. 특별 전세기는 만석에 대기자가 200명이 넘었다. 은영은 가슴에 손을 올리고 숨을 쉬려고 애썼다. 숨이 쉬어지질 않았다. 은영이 비틀거리며 일어나는데 울음소리가 들렸다. 희율이었다. 은영이 방에 들어가니 희율이 바닥에 앉아 울고 있었다.

"미안해, 내가 미안해."

은영은 바닥에 무릎을 꿇고 앉아 희율을 끌어안았다. 희율은 아무 말 없이 울기만 했다. 은영은 계속해서 미안하다고 말하며 희율의 어깨에 얼굴을 파묻었다.

희율이 울음을 멈추고 잠시 사야겠다며 침대 위로 올라갔다. 은영은 머뭇거리다 침대 끝에 앉았다. 희율이 일어났을 때도 은영은 그 자리에 있었다.

"우리 산책 나가자. 산책은 괜찮잖아."

희율의 말에 은영은 주저하다 전날 공원 벤치에서 혼자 케밥을 먹다가 벌금 1000불을 맞은 사람 이야기를 했다.

"그럼 벤치에 앉지 말고 계속 걸으면 되지."

희율은 아직도 빨갛게 부어 있는 눈으로 은영을 보았다.

"그럼 우리가 주소가 같은 걸 증명해야 하는데 지금 이 집이 마스터 이름으로 되어 있어서……."

"그럼 좀 떨어져서 걸을까?"

은영은 고민하다가 마트에 가자고 했다. 마트에서 뭘 좀 사면 식료품 쇼핑이라는 필수적인 이유에 해당이 되니까. 마트에서 오는 길에 공원도 지날 수 있고.

희율은 은영의 말에 웃음을 터뜨렸다.

"야, 너는 그렇게 규칙을 잘 지키는 애가 어떻게 레즈비언이 됐냐?"

마트에서 가벼운 빵과 샐러드를 사서 가방에 넣고 둘은 다시 집으로 향했다. 해가 지고 있었다. 둘은 진한 보라색 노을을 향해 걸으면서 같이 감탄을 했다. 희율은 나온 김에 와인을 사 가자고 했다. 은영은 술을 사는 게 필수적인 이유가 되기 어려울 것 같다며 망설였다.

"우리 마트에 다녀왔잖아. 경찰한테 걸리면 장 본 거 보여주면 되는 거 아냐?"

"술 가게는 더 멀리 돌아가야 하잖아."

둘은 잠시 침묵했다. 그러나 걸음을 멈출 수는 없어서 계속 걸었다.

"알코올중독이라고 할까?"

술 가게에 들러야 하는 핑곗거리를 고민하느라 얼굴을 잔뜩 찌푸리고 있던 은영이 웃음을 터뜨렸다.

"야, 말이 되는 소리를 해."

희율은 휴대폰으로 술 가게를 검색해 영업 중이라는 사실을 은영에게 보였다.

"술 가게가 열었다는 건 술을 사는 게 허용된다는 거 아냐?"

"그러게…… 진짜 알코올중독 때문인가?"

이번에는 희율이 웃었다. 둘은 같이 웃으면서 술 가게로 향했다.

술 가게에서 클리어스킨 와인을 사서 가방에 넣고 공원에 다다랐을 때는 어느새 어두워져 있었다. 공원의 끝에는 사람 키를 훌쩍 넘는 크기의 원통이 터널처럼 놓여 있었고, 그 안으로 공원을 가로질러 흐르는 시냇물이 흘러들었다. 원통의 끝은 잘 보이지 않았다. 그 앞에서 은영이 멈춰 섰다.

"내 생각에는 이게 우리 집 앞으로 연결될 것 같아. 그쪽이잖아."

"그럴 수도 있겠네. 우리 집 앞 공원에 물가가 있으니까."

"들어가보자."

"미쳤어?"

원통 안은 칠흑같이 어두워서 아무것도 보이지 않았다.

"내일 오후에 다시 오자. 지금은 너무 어두워."

"내일은 또 무슨 핑계로 나오려고."

"터널 안에서 마약 하는 애들이 많다고 했어."

"외출금지령인데 누가 밖에서 마약을 한다고 그래?"

둘은 한참을 옥신각신했지만 가만히 서 있는 게 더 위험할 수 있다는 은영의 말에 결국 원통 안으로 들어섰다. 둘은 찰박이는 물을 밟아야 했고, 운동화가 금세 물에 젖었다. 캄캄한 원통 속에서 희율이 "아, 씨"라고 중얼거렸다.

"돌아갈까?"

"됐어, 이제 와서 뭘."

둘은 손을 잡고 끝이 보이지 않는 원통 안을 걸었다.

작가 노트

사랑하는 마음으로 썼다.
마음을 다해서 썼다.

쓸 수 있는 것보다 쓰고 싶은 것을 생각했고,
쓰지 말아야 할 것보다 써야 할 것에 대해 생각했다.

정말 오랜만에 글을 쓰는 내내 행복했다.
글을 읽는 당신도 행복했으면 좋겠다.

서수진
장편소설 《코리안 티처》가 있다.

양면의 조개껍데기

"전화로 문의를 하고 오셨다고요."

나는 고개를 끄덕인다. 책상 위 스크린 차트에는 이름과 출신, 나이 따위를 기록한 프로필이 떠 있다. 샐리, 셀븐인, 여성, 28세. 단출하지만 의사가 내 문제를 알아차리기에는 충분한 정보값이다.

"그러니까…… 당신을 뭐라고 부르면 됩니까? 지금은 어느 쪽이죠? 각각에게 따로 이름이 있는 겁니까?"

의사는 애써 침착하게 묻고 있지만 혼란스러워 보인다. 셀븐인 환자를 거의 처음 대하는 게 분명하다. 나는 슬쩍 웃으며 대답한다.

"그냥 샐리라고 불러주세요."

"좋아요. 샐리, 전화로도 들었겠지만 이건 쉽게 권할 수 있는 시술이 아닙니다. 셀븐인을 대상으로 한 대부분의 의료적 처치가 그렇지만, 특히 이 시술은 셀븐인 의사를 동반해야 한다는 지시가 붙어 있어요. 그런데 여긴 그럴 여건이 안 됩니다. 이미 알고 계시겠지만요."

"네. 이곳에는 셀븐인 의사가 한 명도 없다고 하더라고요. 저도 확인해봤어요."

"꼭 지금 시술을 받아야 하는 이유가 있습니까? 경계 지역까지 가셔서 시술하시는 것을 권유드리겠습니다. 거긴 셀븐인 의사를 최소 한 명 이상 두고 있을 겁니다. 병원 상황도 여기보다는 훨씬 나을 테고요."

"그럼 여기서는 시술을 못 받는 건가요?"

"긴급한 상황이 언제나 있는 법이니 원격 허가를 받아 시술을 진행할 수는 있습니다만, 준비하셔야 할 서류가 많아요. 부작용에 적절히 대처하기도 어렵고요. 지금 받아야 할 긴급한 사유가 없다면, 미루는 것이 좋을 겁니다."

"지금 꼭 받아야 하는 이유가 있어요."

"어떤 사유입니까?"

"설명하자면 너무 사적인, 개인 사정이에요. 하지만 아주 긴급해요. 이건 분명해요."

"아, 그러시군요. 개인 사정이라고요."

의사는 책상 위에서 펜을 따각 굴리고는 나를 보았다.

"다들 그런 것이 있지요."

내키지 않는 눈치다. 하지만 나는 그를 어떻게든 설득해야 한다. 루피너스 행성계에서 셀본인 정신 시술을 할 수 있는 다섯 군데의 병원에 모두 문의를 했는데 딱 잘라 거절하지 않은 곳은 오직 이 병원뿐이었다.

"업무 계약이 있어서 당분간은 여길 떠날 수 없어요. 무엇보다 제가…… 터널 멀미가 심해서요. 완행 우주선을 타야 하거든요. 그걸 타면, 가장 가까운 경계 지역까지만도 1년이 걸리겠죠."

터널 드라이브를 생각하는 것만으로도 토할 것 같은 기분이 된다. 내가 구역질하는 시늉을 하자 의사는 조금 당황하며 뒤로 물러난다.

"그렇게 오래 기다릴 순 없어요. 당장 분리가 필요해요."

"전환 안정제를 좀 더 처방해드릴까요? 꼭 시술만이 답은 아닙니다. 그리고 샐리 씨는 여기 기록에 의하면, 여태까지는 그다지 문제가 없으셨던 모양인데요."

꼭 시술만이 답은 아니다……. 아마 그건 매뉴얼에 적힌 말일 것이다. 그가 내 고통을 제대로 이해할 리가 없다. 시술을 권하기 전에, 안정제를 좀 더 처방해보라든지, 그런 말이 적혀 있는 것이겠지.

"맞아요. 그동안은 괜찮았어요. 하지만 이건 균열 같은 거예요. 잘 밀봉해왔다고 믿었지만 한번 틈이 발생하면, 사실은 그 전에도 전혀 괜찮지 않았다는 걸 알게 되죠. 그냥 괜찮다고 믿고 있었던 거예요."

나는 의사를 설득하기 위해 좀 더 극적인 어조를 취하지만, 담긴 말은 모두 진심이다. 의사는 내 표정을 유심히 살피더니 스크린 위에 무언가를 휘갈겨 쓴다.

"샐리 씨, 잘 생각하셔야 합니다. 정 대안이 없다고 생각하면 시술을 해드리겠지만, 다른 의사들이 다 쉽지 않다고 말한 것도 이유가 있어요. 문제는 시술 이후에 찾아오는 정신적 부작용입니다. 루피너스에는 당신에게 도움이 될 만한 셀븐인 상담사도, 같은 행성 출신 사람들도 거의 없어요. 당신은 충분한 도움을 받지 못할 거예요."

"책을 읽으면 되겠죠. 은하 네트워크에서 책을 다운받았어요. 명상과 정신 수련에 도움이 되는 책들요."

의사는 황당한 듯 눈썹을 조금 찡그린다. 나는 덧붙인다.

"대안이 없다고 생각해요. 진심이에요. 뒤따르는 문제들은 이미 각오하고 있어요."

그는 한숨을 푹 내쉬고, 스크린에 다른 화면을 띄우더니 나에게 준비 과정을 설명한다. 특별 허가를 받기 위해 필요한 긴 서류의 목록이 있다. 원격 시술 프로토콜을 준수하기 위해서는 50일간 정신 조절제를 먹어야 하고, 그 과정에서 발생하는 우울과 무력감, 신체적 통증을 정밀 진단한다. 시술 자체는 30분 정도면 끝이 나지만 일주일간 입원해서 경과를 볼 것이다. 돌발 행동으로 자해를 시도하거나 높은 곳에서 뛰어내리는 사람들이 있기 때문이다. 무시무시한 설명은 계속해서 이어진다. 이 시술을 받은 후 약 54퍼센트가 후회하며, 그중 10퍼센트는 다시 예전으로 되돌리는 통합 시술을 시도한다. 그러나 재통합 시술의 결과는 대개 좋지 않다. 한번 끊은 뇌관 교류체가 다시 반응하는 경우는 드물기 때문이다. 나는 끔찍한 후유증과 시술 부작용으로 자살한 셀븐인들에 대한 설명을 듣는다.

"잘 알겠습니다."

의사는 스크린을 또 한번 바꾸어 전자 서명 서류를 띄운다.

"그러면 우선 여기 서명을 해주세요. 부작용에 관한 설명을 충분히 들었다는 내용과, 특별 허가 조항을 준수하며 시술 준비에 들어가겠다는 동의서입니다."

내가 손을 내미는 순간, 그 애가 말했다.

"그만둬."

상담실의 공기가 약간 싸늘해졌다. 나는 웃으면서 말했다.

"지금 당장 서명할게요."

"안 된다고."

"지금 안 된다고 말씀하신 것 같은데요."

"아뇨, 저는 '지금 당장 서명할게요'라고 했어요."

"그렇게 말씀하셨지만, 동시에 안 된다고도 하셨죠."

의사는 당황했지만, 무슨 일이 일어난 것인지 곧바로 알아차린 기색이었다. 나는 얼굴에서 웃음기를 지웠다.

"그래요. 그냥 제 말은, 얘 조금…… 뭐랄까, 장난기가 많아요. 사회화가 덜 된 거죠. 바로 이런 상황 때문에 저에게 시술이 필요한 거예요. 우린 액체처럼 자꾸 서로에게 흘러들어요. 그건 제가 주로 일하는 물속에서 특히 치명적이에요. 전환이 제대로 되지 않아서 죽을 뻔한 적도 있어요. 그러니까 같이 살기 위해서 시술이 필요한 거라고요. 이제 선생님도 제가 평소에 얼마나 힘들지 조금 짐작하실 거예요."

의사는 곤란한 표정으로 나를 보고 있다.

"그 서류, 저에게 주세요. 바로 서명할게요."

팔을 뻗었지만 의사는 스크린을 나에게 내밀 생각이 없어 보인다. 직감적으로 느낀다. 망했다. 이번에도 망했어. 힘이 빠졌다. 그러자 온 힘을 다해 억누르고 있던 그 애의 목소리가 아무렇게나 지껄여대기 시작했다.

"그래, 의사 선생님, 잘 생각했어요. 이 녀석은 질투심에 돌아 버린 거니까, 그 빌어먹을 동의서는 당장 찢어요. 우리에게 필요한 건 망할 정신약물과 뇌 수술이 아니라 부부 심리상담 클리닉이라고. 이렇게 쉽게 헤어지기야?"

"여길 나가면 널 죽여버릴 거야."

나는 진심으로 말했다. 함부로 성대를 뺏어 지껄이는 녀석을 향한 말이었지만, 어쩐지 눈앞의 의사를 향해 '널 죽여버리겠다'고 말한 것처럼 보일 수도 있겠다는 생각이 들었다. 의사는 흠, 크흠, 하고 헛기침을 했다. 의사의 시선이 잠시 비상 신고 버튼을 향하는 것 같기도 했지만, 내가 얌전히 입을 다물고 있자 의사는 다시 낮은 목소리로 권유했다.

"샐리 씨, 알고 있죠? 이런 상태에서는 안 돼요. 두 분······. 아니, 그보다 더 많나요? 어쨌든 타자아들 사이의 합의를 거치셔야 합니다. 설령 허가서에 혼자 사인하는 데에 성공한다고 해도, 두 달 가까이 되는 시술 준비 과정에서까지 다른 자아를 속일 수는 없어요. 그건 자기 자신을 속이는 게 불가능한 것과 마찬가지입니다."

"저기, 선생님. 잘 보세요. 지금 이 녀석이 나에게 미치고 있는 해악이 명백하잖아요."

"샐리 씨."

"이 녀석 성격에, 지금 당장 하지 않으면 언제가 될지 모른다고요. 일단 동의서에 서명하면 설득도 쉬워질 거예요……."

끝까지 억지를 부리다 결국 병원 대기실로 쫓겨났다. 접수처 직원은 세상 불행을 다 짊어진 얼굴을 한 나에게 진료비는 3700어스라고 친절하게 통보했다. 그 말을 할 때 지구인 직원의 표정에 약간의 경멸이 담겨 있는 것처럼 보였던 건, 순전히 나의 피해망상이었을까? 카운터에는 '은하인 정신건강센터 지정 기관'이라는 공식 로고가 붙어 있었다.

문을 열고 나오면서 나는 순간 깊은 곳에서 부글거리는 거품 같은 분노를 느꼈다. 무엇을 향한 분노인지, 그 분노가 내 것인지, 레몬의 것인지조차 구분할 수 없었다.

*

일주일 내내 비가 내려서 촬영이 계속 지연되고 있었다.

촬영팀은 루피너스의 햇살이 바다를 비출 때, 수면 아래에서 위를 올려다볼 때의 찬란한 빛을 영상에 담고 싶어 했다. 빛과 물결 사이를 여유롭게 헤엄치는 다이버들과, 얕은 수심에 사는 루피너스의 생물들이 서로 스쳐 가는 순간을. 분명 '첫 번째 접촉'에 집착하는 류 감독의 생각이었을 것이다.

사실 루피너스의 진짜 모습은 매일 축축한 비가 내리는, 흐리고 어둡고 비에 젖은 모래가 질척이는 풍경에 가깝다. 그래도 촬영팀을 이해할 수 없는 건 아니었다. 그들이 화면으로 보여주고 싶은 건 현실이 아니라 환상일 테니까. 촬영팀 스태프들은 일주일에 단 하루, 구름이 흩어지고 희미한 태양 빛이 내리쬐는 그 짧은 순간을 기다리며 매일 해안가 오두막에서 대기했다. 며칠 전에 잠시 햇살이 비추긴 했지만, 그날은 '풍경'이 좋지 않았다. 다이버들이 초콜릿 도넛이라고 장난삼아 부르는, 끈적이는 고무 타이어에 자그만 발이 잔뜩 달린 생물들이 해안가로 잔뜩 밀려온 것이다. 그 생물들은 충분히 익숙해지면 꽤 귀여워 보인다. 하지만 그러기 전에는, 그러니까 루피너스의 해양 생태계를 처음 목격하는 대부분의 지구인들에게는 동그랗게 말린 지네 같은 모습이 혐오감을 불러일으킨다.

프로듀서 요제프는 혐오스러운 생물들이 되도록 영상에 많이 잡히지 않아야 한다고 주장해왔다. 지구인들은 외계의 바다에 대해 호기심보다 더 큰 두려움을 가지고 있다고, 그 두려움을 굳이 증폭할 필요는 없다고. 이 다큐멘터리의 목적이 성급한 행성 개발의 문제를 알리고, 생태 보존 운동에 호소하는 것이라는 점에서는 일리가 있지만……. 정말 그런가? 다들 지구의 바다에는 익숙하고, 외계의 바다는 두려워하나? 보통의 지구인들이라면 그럴지도 모르겠다.

외계의 바다가 나에게 주는 기이한 안도감에 대해 생각한다. 외계의 바다는 낯선 것들로 가득 차 있다. 나는 그 일관성을 사랑한다. 지구의 바다도 낯선 것들로 가득하니까. 불가사리나 초롱아귀의 사진을 계속 접한다고 해서 그 존재들이 우리에게 마침내 익숙한 감각을 주는 것은 아니다. 바다는 외계에서도 지구에서도 낯설고, 아득하고, 어둡고, 먹먹하며, 기괴하고 물컹대는 생물들로 북적인다. 나는 종종 인류의 조상이 반수중생활을 했다는 수생 유인원 가설(aquatic ape hypothesis)을 떠올린다. 불행히도 그 가설은 조롱만 받다가 결국 쓰레기통에 처박혔지만, 인간이 물에서 왔다는 상상은 여전히 낭만적인 구석이 있다. 물을 떠난 유인원들에게, 그들이 떠나온 물속은 우주보다도 낯설고 두려운 미지의 세계인 것이다.

물론 실제로 일어난 일은 그것과 반대 순서였다. 유인원들은 물에서 오지 않았다. 설령 인류의 공통 조상이 한때 물에서 살았다고 해도, 그건 차마 '조상'이나 친척 같은 이름을 붙일 수 없을 정도로 까마득히 먼 옛날의 생물들이다. 땅 위의 유인원들은 바다 깊은 곳은 거들떠보지도 않은 채 곧장 하늘을 가로질러 우주 곳곳으로 퍼져나갔고, 시간이 흘러서야 비로소 그들의 수생종 친척들이 등장했다. 그게 바로 내가 여기 있는 이유다.

"샐리, 오후에는 해가 뜰지도 모른다고 하니까, 미리 스트레칭을 해둬. 이거 하나 먹고."

텐트로 들어온 요제프가 작은 에너지바를 내밀었다. 나는 그걸 받아 들어 한 입 대충 베어 물고 우물거리며 물었다.

"그저께 추가 촬영은 어땠어요?"

"아, 그래. 그날 왜 안 왔냐고 물어보려고 했지. 류경아가 아픈 사람 데리고 뭘 할 거냐고 호들갑만 안 떨었어도 네 호텔방으로 찾아갔을지도 모른다니까. 한 군데를 찍어냈는데, 다른 다이버들은 거기 접근도 못 하거든. 네가 얼마나 간절히 필요했는데."

"날 필요로 했다니 기쁘지만, 안 찾아와서 다행이에요. 그날 감기 때문에 눈도 못 뜨고 기절해 있었으니 헛걸음만 했을걸요. 특별히 촬영하고 싶은 포인트가 있나 보죠?"

"보트를 타고 좀 나가야 해. 레스큐 로봇이 우연히 촬영해 온 건데, 인공 구조물 같은 매끄럽고 거대한 바위가 해저에 박혀 있어. 생물이라고 추측하는 스태프들도 있어. 정말 그럴지도 모르지. 어쨌든 의미심장한 장면이 나올 것 같아. 굉장히 기이하고 웅장하지. 완전히 미지의 세계를 대하는, 그런 느낌을 줄 거야. 압도할 거라고."

요제프는 그렇게 말하며 기대하는 눈빛으로 나를 보았다. 그

촬영을 위해 깊은 곳까지 내려가달라는 의미겠지만, 그걸 할 수 있는 사람은 사실 내가 아닌 레몬이다.

"세상 모든 일이 그렇듯, 해보기 전에는 모르는 법이죠."

그렇게 대답했더니 요제프가 이번에는 나를 눈빛으로 뚫어버릴 것처럼 쳐다보아서, 나는 에너지바 포장지를 버리는 척하며 슬쩍 자리를 피했다.

오후가 되자 구름이 걷히고 루피너스의 태양이 바다를 비추기 시작했다. 촬영팀이 원하는 것만큼 밝은 수준은 아니었다. 요제프의 표현에 의하면 '그저 그런 태양 녀석'이었다. 요제프는 더 맑은 날씨를 하염없이 기다릴 바에는 차라리 자신이 원하는 포인트를 당장 촬영할 때라고 생각했는지, 며칠 전 루피너스에 새로 도착한 지구인 다이버들을 류경아 감독에게 떠넘기고 나를 자신의 보트로 끌어들였다. 나는 햇병아리 같은 다이버들이랑 화기애애한 분위기로 대화를 나누는 류 감독을 흘끔 쳐다보고는 투덜대며 보트에 올랐다.

"류 감독이랑 며칠째 인사도 못 나눴는데."

"무슨 소리야? 일 끝나면 실컷 볼 거면서."

"류경아의 일은 영원히 끝나지 않는다고요. 이러다간 말라 죽어버릴지도 몰라요. 저렇게 가까운 곳에 있는데, 손 한 번 못 잡아보고……."

"아, 그래. 참 안타까워 죽겠군."

요제프가 지긋지긋하다는 듯이 어깨를 으쓱했다.

"그래도 샐리, 우리에겐 류 감독보다 더 사랑스러운 바다 도넛들이 있잖아."

스태프들이 잠수용 장비를 챙겨 주었다. 나는 보트 위에서 가볍게 몸을 풀었다. 이번에는 정말로 대략적인 깊이만 가늠하고 오는 거라고, 요제프는 몇 번이나 강조했다.

"절대 무리하지는 마. 오늘이 아니어도 날은 많으니까. 위험하면 바로 레스큐 신호를 보내고. 로봇은 10미터 지점마다 하나씩 대기할 거야. 50미터까지. 위치를 잘 확인해."

나는 고개를 끄덕이고 바다로 뛰어들었다.

가장 얕은 곳에는 나뭇가지처럼 빼빼 마른, 단단한 생물들이 느슨하게 얽혀 있어서 마치 숲을 헤매는 기분이 든다. 나는 아직 이름도 붙지 않은 그 생물들 사이로 들어가 요제프가 말한 위치를 찾는다.

이미 수십 번 보아서 위험하지 않다는 걸 아는 해파리들이 떼를 지어 헤엄친다. 정확히 말해 해파리는 아니지만, 지구의 해파리를 그럭저럭 닮았다. 아래로 내려가며 포식자 생물을 흉내 낸 후각 신호기를 끄자, 삭은 돌멩이처럼 생긴 생물들이 내 주위로 몰려든다. 살펴보면 그다지 날카롭지 않은 이빨이 있다. 처음

잠수했을 때 저것들이 내 등에 달라붙어 장비를 갉아 먹으려고 했었다. 스태프들이 저 돌멩이들을 쫓아내는 후각 신호기를 달아주었지만, 그 신호는 다른 친절한 생물들까지 모두 쫓아내는 것 같다. 나는 손전등을 휘휘 내저어 돌멩이들을 몰아내고 다시 아래로 내려간다.

까마득한 높이의 절벽이 나타난다. 절벽의 표면을 만지면 하얀 입자들이 떨어지면서 뿌옇게 구름이 일어난다. 촬영팀은 루피너스의 해양 생물들에게 주로 관심이 있지만 나는 이곳의 지형에도 흥미가 생긴다. 외계의 바다를 홀로 헤엄치는 일은 고독하고도 기묘하다. 외딴 행성의 멸망한 유적지를 탐사하는 것 같다.

또다시 아래로.

지구에서도 루피너스에서도 물은 동일한 분자다. 청색광만을 남기는 물의 특성 때문에 바다는 비슷한 색채를 띤다. 아래로 내려가면 파란색은 점점 짙어져 어둠에 흡수된다. 수많은 행성을 돌아다녀도 같은 얼굴을 한 바다에 나는 매료된다.

그러나 아래로 내려갈수록, 나는 마음 깊은 곳에서 움트는 두려움을 느낀다. 아직은 그 두려움을 극복하지 못했다. 내가 사랑하는 바다는 햇빛이 비추는 곳까지. 태양 빛이 약한 루피너스에서 심해는 지구보다 더 얕은 곳에서 시작된다.

어스름한 빛만이 희미하게 비추는 미광층에 도달하자, 죽은 생물의 사체가 눈처럼 내리고 있다. 아직 촬영팀이 말한 인공 구조물 같은 생물은 보이지 않는다.

'지금이야. 레몬. 이제 네 차례라고.'

대답이 돌아오지 않자 공포가 폐를 짓누르는 느낌이 든다. 나는 혼자서 이 바다 아래로 내려갈 수 없다. 그건 레몬만이 할 수 있는 일이다. 생물들은 어디로 갔는지 흔적도 없고, 검푸른 바다만이 나를 감싸고 있다. 손등에 장착한 조명을 켠다. 나는 그 자리에 멈춰 서서, 하강도 상승도 않은 채로 레몬을 부른다.

'레몬. 난 이제 더 못 내려가.'

레몬은 대답하지 않는다. 의식 깊은 곳에 여전히 그 애가 존재한다는 것을 안다. 레몬은 나를 통해서 눈앞의 바다를 보고 있다. 하지만 레몬은 전환하지 않는다.

'너, 여기서 이러면……'

무거운 바다가 나를 누르고 있다. 문득 괴물 같은 형체가 내 옆을 스쳐 지나가는 듯한 착각에 빠지지만, 고개를 돌렸을 때는 아무것도 없다. 압박감이 더 강해진다. 나는 여기서 단 1미터도 더 내려갈 수 없다.

'레몬. 레몬. 대답 좀 해.'

'레몬.'

'제발……'

나는 포기하고 비상 신호를 보낸다.

거의 의식을 잃기 직전 레스큐 로봇들이 몰려와 나를 위로 데려간다. 나는 어둠 속에서 빛을 향해 끌려가면서 허우적거린다.

비틀거리며 보트 바닥에 주저앉은 나를 요제프가 걱정스러운 표정으로 보았다. 스태프들이 수건으로 줄줄 흐르는 차가운 바닷물을 닦아준다. 레스큐 로봇들이 제때 오지 않았다면 위험했을 것이다.

"미안해요, 요제프. 그 포인트에는 접근도 못 했어요. 감기가 아직 덜 나았나 봐요."

"걱정하지 마. 앞으로 열 번은 더 기회가 있을걸."

요제프는 내 어깨를 툭툭 치지만, 내 머릿속에는 오직 레몬에 대한 분노뿐이다. 레몬은 일부러 전환하지 않았다. 대체 왜? 내가 마음대로 분리 시술을 신청하려고 해서? 하지만 그 전날까지만 해도, 이럴 거면 차라리 분리되자고 소리친 건 레몬이 아니었던가?

"넌 날 죽일 뻔했어. 그게 네가 원한 거구나."

보트 구석에서 나는 중얼거린다. 레몬의 의식적인 침묵이 느껴진다. 스태프들이 흘끔거리지만 나는 바닥만 노려본다. 대신 화풀이할 대상도 없다. 레몬은 내 안에 있고, 그 애를 내게서 분리해낼 방법은 없으니까.

*

내가 단일한 존재가 아니라는 걸 알게 되기까지는 꽤 오랜 시간이 걸렸다. 나를 입양한 지구인 부모는 불행히도 셸븐인들의 신경생리학에는 아무런 관심이 없었고, 내가 자란 시골 마을은 외계 출신이라곤 나와 주유소 아저씨 둘뿐인 곳이었다. 그래서 나는 내가 가끔 다른 목소리로 말하는 것, 아침과 저녁에 행동하는 방식이 다른 것, 한 사람에 대한 감정이 몇 시간마다 달라지는 것이 이상하다고 생각해본 적이 없었다. 하긴, 지구인 아이라도 고작 열몇 살 먹은 아이가 그런 자아 성찰을 하는 건 무리다. 어쨌든 또래 아이들과 어른들로부터 넌 참 이상하다는 말을 수백 번은 더 들으면서도, 나는 그 이상함이 나의 태생으로부터 온 것이라고는 생각도 못 했다.

열두 살 때, 그 애가 나에게 처음 말을 걸었다.

―제발 그 멍청한 모양의 원피스는 입지 마. 내가 그걸 입는다고 생각하면 끔찍하니까.

"대체 무슨 소리야? 이 원피스가 어때서?"

길거리에서 혼자 중얼거리고 나서야 그 목소리가 들려온 곳이 어딘지를 알았다. 나에게 말을 건 그 애는 바로 나였다. 정확히는 나의 조금 다른 면이라고 생각했던 목소리였다. 모두가 잠든 고요한 밤에 깨어 있는 나, 거울 앞에 설 때면 혐오감을 느끼는 나, 사람들의 시선을 잘 마주치지 못하고 엉뚱한 소리를 해 대는 나. 그건 나와는 다른 그 애의 자아였다.

시간이 지나며 우리는 서로의 존재를 구분하기 시작했다. 그러면서도 서로가 '샐리'가 아닌 다른 존재라고는 생각하지 못해서, 이름을 붙이는 대신 야, 너, 따위의 말로 지칭했다. 낮과 밤의 시간을 자연스럽게 나누어 썼고, 때로는 하루는 내가, 다른 하루는 그 애가 의식을 점령했다.

무의식중에 있을 때도 우리는 서로에게 말을 걸 수 있었다. 그건 꽤 유용하기도 했고 거슬리기도 했는데, 대체로 우리는 합이 잘 맞지 않는 이인삼각 경기를 뛰는 것처럼 뒤뚱거렸다. 내가 미적분학 문제를 풀고 그 애가 행성지리학 과제를 할 때는 좋았다. 하지만 오늘 어떤 옷을 입을지, 어떤 애랑 데이트를 할지, 어떤 친구의 집에 놀러 갈지를 결정하는 일에서 나와 그 애는 사사건건 부딪쳤다. 우리는 내면의 목소리로만 다투는 법을 빠르게 익혔지만, 그럼에도 싸움이 격해지면 무심코 외적 목소리로 화를 내곤 했다. "좀 닥쳐봐. 넌 왜 내가 하는 일마다 시비를 걸어?" 그러다가 같이 점심을 먹던 에이미를 체하게 하거나, 데이트를 하던 애를 당황하게 했다. 그런 다음에는 샐리라는 애는 좀 미쳐 있다는 소문이 학교에 돌았다. 나는 최선을 다해 사람들의 호감을 사려고 애썼지만 그 애는 대체로 그 노력을 최선을 다해 망치는 쪽이었다. 호감을 얻는 것보다 조롱의 대상이 되는 것이 쉬웠고, 우리는 쉽게 고립되었다.

내가 표면에 있을 때와 그 애가 표면에 있을 때의 감각은 확연히 달랐다. 내가 의식을 지배하고 몸을 움직일 때, 나는 한 번도 그것이 부자연스럽다고 생각한 적이 없었다. 몸의 근육과 신경 하나하나가 나에게 속해 있었고, 나의 신체는 정신과 긴밀하게 연결된 상태였다. 하지만 그 애가 표면으로 올라가면 무언가가 달랐다. 그 애는 몸을 불편해했다. 그 감정이나 느낌이 정확히 말로 옮겨진 건 한참 뒤의 일이었지만, 내가 의식 아래로 내려왔을 때 나는 그 애가 몸을 마치 역겨워하는 듯한 느낌을 받았다. 그래서 처음에는 그 애가 나를 싫어한다고 생각했는데, 그런 건 아니었다. 그 애는 몸을 직접 움직이거나 감각할 때보다 의식 아래에 있는 것을 편안해했다. 그래서 밤은 주로 그 애의 시간이 되었다. 밤에는 밖에 돌아다니거나 쇼윈도에 얼굴을 비춰보거나 하는 일이 없었고, 주로 침대나 책상에서 정적인 시간을 보냈다.

은하생물학 교과서에서 셀븐인들의 기이한 신경 구조에 대한 짧은 언급을 발견한 이후로, 나는 학교 도서관에서 은하 네트워크에 접속해 셀븐인들에 대한 정보를 모았다. 지구와 셀븐

사이의 행성 영토 분쟁이 극심하던 시기였고, 그래서 셀븐에 대한 호의적인 자료를 찾기가 쉽지 않았다. 셀븐인들은 다 정신이 나가 있다든가, 그놈의 다중 자아 때문에 변덕이 들끓는다든가, 셀븐인들과의 외교는 미친 사람을 상대하는 것과 마찬가지라든가……. 어쨌든 그런 편파적인 주장들 사이에서, 나는 셀븐인들 대부분이 우리처럼 태어난다는 걸 알게 되었다. 우리가 서로에게 의식을 바통 터치하듯 넘기는 걸 '전환'이라고 부른다는 것도, 행성 셀븐에서는 서로 다른 자아들을 조화롭게 잘 다루며 살아가는 법을 자연스럽게 익힌다는 것도 알게 되었다. 하지만 이곳 지구에서는 그런 것을 익힐 방법이 없었다.

 자라면서 나는 그 애가 이 몸에 대해 느끼는 불쾌감에 대해 좀 더 분명하게 알 수 있었다. 그 애는 몸에 나타나는 여성적인 특징들을 싫어했다. 나체를 드러내야 할 때, 그러니까 옷을 갈아입거나 몸을 씻어야 할 때마다 그 애는 나에게 전환으로 의식을 떠넘겼다. 거의 쓰레기를 내던지듯 하는 태도였다. 우리가 자란 지구의 시골 마을에는 성별에 따라 사람들을 다르게 대하는 고루한 관습이 남아 있어서, 그 애가 경험하는 문제는 좀 더 복잡하고 골치 아팠다. 나는 정말 백번 양보해 그 애가 내 몸에 달린 가슴과 엉덩이를 질색하는 것까지는 어쩔 수 없다고 해도, 내가 조금이라도 나풀거리는 옷을 입거나 예쁜 장식품에 관심을 가질 때마다 불평하는 건 정말 짜증이 났다.

― 도대체 나한테 어쩌라는 거야.

― 멍청하게 굴지 좀 말라고. 특히 여자애처럼 행동하는 거.

― 여자애처럼 구는 게 왜 멍청한데?

애초에 그건 시골 마을의 남 말 하기 좋아하는 사람들이 억지로 만들어놓은 이상한 규범이었고, 내가 무슨 행동을 하든 그 잣대로 평가받는 걸 피해갈 수는 없었다. 나는 그 애가 바보같고, 한심하고, 다른 사람들의 평가에 지나치게 민감하다고 생각했다. 하지만 우리는 한 몸이었고, 그 애가 느끼는 괴로움은 나에게도 흘러들어와서 나는 수프에 적신 빵처럼 축축해졌다. 그 애가 거울 앞에 설 때마다 몸을 경멸하는 것이 싫어서, 의식을 전환한 다음에는 최대한 무의식 깊은 곳으로 숨었지만, 감정적인 영향을 아예 받지 않을 수는 없었다.

어른이 되자마자 도망치듯 지구를 떠난 건, 떠나는 일에 대해서는 서로 합의조차 필요하지 않았던 것은, 아마 그 때문이었을 것이다.

지구를 떠나자 우리를 향하던 정형화된 역할에 대한 기대도 흐릿해졌다. 그 흐릿해진 기대와 적절한 무관심은 우리를 편안하게 해주었다. 우리가 10분마다 자아를 바꿔가며 변덕스럽게 굴어도, 낮과 밤에 각기 다른 파격적인 스타일로 나타나도, 다

정했다가 무뚝뚝하고 신경질적이었다가 차분해져도, 사람들은 우리를 이상하게 여기지 않았다. 지구에서 멀어질수록 지구인들과는 외모도 사고방식도 다른, 기이한 인류의 아종들이 뒤섞이는 장소들이 많아졌다. 그런 곳에서는 지구인들의 고루한 기준이 통하지 않았고 대뜸 성별을 묻거나 외견으로 특정한 행동 양식을 추측하는 일도 드물었다. 하지만 그 애가 가진 어떤 근본적인 불일치의 감각, 불쾌감은 사라지지 않았다. 그 감각만큼은 계속 남아서 나와 그 애를 괴롭혔다.

 지구 출신들은 셸븐인을 어떤 면에서는 경멸하면서도 특정한 영역에서는 환영하곤 했는데, 특수 다이버가 바로 그런 일 중 하나였다. 지구인들에 비해 물속에서 훨씬 오래 머물 수 있고 압력을 잘 버티는 우리는 어렵지 않게 일을 구했다. 낮밤이 뚜렷한 행성에서는 내가 아침부터 오후까지 수중촬영을 보조했고, 저녁과 밤에는 그 애가 의식 위로 올라와서 밀린 집안일을 처리하거나 업무 메일에 답장을 보냈다. 시간이 지날수록 나는 그 애와 나의 물 아래에서의 특기가 다르다는 것을 알아챘다. 나는 너무 깊지 않은 곳에서 장비 없이 자유롭게 헤엄치는 것을 좀 더 선호했다. 그 애는 최대한 깊은 곳으로 들어가는 것을 좋아했고 깊은 바닷속에서도 편안하게 머물렀다. 둘 다 유용한 능력이었으므로, 우리는 상황에 따라 자아를 전환하며 바다에서의 시간을 나누어 썼다. 우리는 새로운 일을 구할 때마다 조금씩 태양계에서 멀어지는 방향으로 떠났다. 그것으로 우리의 근본적인 문제가 해결되진 않았지만, 적어도 그 문제를 잠시 잊을 수는 있었다.

*

 류경아를 만난 건 태양계를 떠난 직후였다. 한 달 정도 휴식을 위해 머물렀던 휴양지 행성에서, 해양 다큐멘터리 촬영 스태프를 구하고 있다는 구인 공고를 보았다. 휴양을 하러 왔으니 당연히 일을 할 생각은 없었는데, 뜻밖에도 그 애가 먼저 입을 열었다.
 ─저 촬영, 한번 가보고 싶어. 물속에서는 내가 움직일게.
 구인 공고에는 짧은 샘플 영상이 붙어 있었다. 그 애는 몇 번이나 영상을 돌려보았다. 그냥 바다잖아. 우리가 수도 없이 보아왔던 바다. 뭐가 다르다고. 내가 투덜거렸지만 그 애의 시선이, 글래스 안에서 정신없이 움직였다. 고요한 물속을 헤엄치는 비정형의 오렌지색 생물들. 비단으로 만든 리본처럼 움직이면서 서로를 묶어 매듭지었다가 다시 풀려나가는 꿈틀거림이 특이했다.
 스태프들과 통성명을 하고, 점심을 먹고, 지금까지 어떤 촬영을 해왔는지 들으며 고개를 끄덕이는 동안 나는 의식을 쥐고 있었다. 내가 원해서 온 일은 아니었기에 내키지는 않았다. 그다음부터는 그 애의 차례였다. 몸을 풀고, 촬영 포인트에 관해 이야기를 나누고 테스트를 위해 입수하는데, 이름을 모르는 다이버가 수중 카메라를 들고 따라왔다. 다이버는 우리와 거리를 약간 둔 채로, 하지만 뒤따라오는 것처럼 같이 입수했다. 무의식의 영역에서 꾸벅꾸벅 졸고 있던 나는 어느 순간 그 애가 다이버를 엄청나게 신경 쓰고 있다는 걸 깨달았고, 살며시 그 애의 의식에 나의 의식을 겹쳤다.

오렌지색 리본의 무리가 보였다. 샘플 영상에서 보았던 것과 비슷했지만 어마어마하게 많았다. 리본 생물체들은 마치 춤을 추듯 서로를 묶었다가 풀었다가 하며 거대한 원을 그렸다. 그 원 안에, 우리를 따라왔던 다이버가 있었다. 한참을 더 지켜보고서야 다이버가 리본 생물체들과 장난을 치고 있다는 걸 알았다. 표정은 보이지 않았지만 즐거워 보였고, 리본 생물체들은 조금은 경계하면서도 호기심을 느낀 듯 다이버에게 다가갔다.

이렇게 밝은 곳은 그 애가 좋아하는 깊이가 아닐 텐데도, 나는 그 애의 마음속에서 어떤 흥미로운 감정이 일렁이는 것을 느꼈다. 다이버가 위로 올라가자는 수신호를 보냈다. 우리는 그를 따라 물 위로 올라가 우리를 기다리고 있던 스태프들과 합류했다.

순간 그 애가 나에게 의식 전환을 요구했고, 나는 갑작스레 의식의 표면으로 내던져졌다. 전환 때문인지 몰라도 심장이 쿵쿵거리며 뛰었다. 다이버가 고글을 벗자 바닷물이 주르륵 흘러내리며 동그랗고 귀여운 얼굴이 드러났다. 물속에서는 몰랐는데 나보다도 체격이 작았다. 그가 바로 이 촬영을 총괄하는 류경아였다.

파라솔 아래에서 수건으로 얼굴을 닦는 류 감독을 흘끔거리며 훔쳐보다가, 눈이 마주쳐서 나는 화들짝 놀랐다. 고개를 돌렸는데 류 감독이 먼저 말을 걸어왔다.

"역시 듣던 대로 대단하시네요. 오늘은 시야도 별로 좋지 않았는데, 첫 입수에 그렇게 간단히 잘 찾아내실 줄 몰랐어요. 샐리A. 아, 방금 샐리B로 돌아왔네요?"

그건 무슨 이상한 호칭이람.

"어, 어……. 샐리B라고요?"

나는 그게 무슨 의미인지 잠시 뒤에 깨닫고 놀라서 입을 벌렸는데, 다음 순간 내가 아주 멍청해 보이는 표정을 지었을 거라는 생각이 들었다. 류 감독은 재미있다는 듯 웃으며 나를 보고 있었다.

"저, 감독님은 우릴 구분해요?"

"다른 사람들은 구분 못 해요?"

질문이 되돌아왔다. 나는 바보가 된 기분으로 고개를 끄덕였다. 우리를 오랫동안 알아온 사람들도 우리에게 두 명의 자아가 있다는 것만을 알 뿐, 이렇게 짧은 시간 안에 전환한 나와 그 애를 구분하지는 못하는데. 류경아는 장난인지 진심인지 모를 어조로 말했다.

"저는 관찰력이 뛰어나잖아요. 이런 일을 오래 하다 보면 그렇게 되거든요. 아까 인사 나눌 때부터 지켜봤어요. 지금은 샐리B, 아까 스트레칭할 때부터 물 위로 올라왔을 때까지는 A였죠? 표정이 달라요. 움직임도, 자주 쓰는 손짓도."

나는 가만히 듣고 있다가, 왠지 모를 억울함에 물었다.

"그런데 왜 제가 샐리B예요? 제가 더 일도 많이 하고 더 오래 깨어 있는데요. 하려면 걔가 B여야죠."

"아, 그런 거군요." 류경아가 씩 웃었다. "이름을 따로 부르면 어떨까요? 순서가 없는 걸로요."

이번 촬영이 끝나면, 류경아는 마음이 잘 맞는 스태프들과 함께 먼 우주의 해양 연구 기지를 돌아다니며 장편 다큐멘터리를 촬영할 계획이라고 했다. 우리에게도 합류하지 않겠냐고 권했고 우리는 망설임 없이 류경아의 팀을 따라갔다. 류경아는 나와 그 애를 각각 라임과 레몬으로 불렀다. 나는 샐리가 아닌 이름으로 불리는 것에 거부감을 느꼈지만 그 애는 이상하게도 레몬이라는 이름이 아주 편안하게 느껴진다고 했다.

― 어쩌면 난 예전부터 내가 샐리가 아니라고 생각했는지 몰라.

― 그럼 네가 뭐라고 생각했는데?

― 글쎄. 이물질 같은 거?

우리는 점점 일 이외의 목적으로 류경아를 만나는 시간이 늘어났다. 언제부터라고 콕 집어 말할 수 없을 만큼, 물 흐르듯 자연스럽게 나와 레몬, 그리고 류경아의 기묘한 연애가 시작되었다. 류경아는 예전에도 비독점적 연애로 관계를 맺어오곤 했다고 말했다. 파트너가 한 명일 때도 있었고 여러 명일 때도 있었지만 기본적으로 열린 관계였다고 했다. 반면 나는 소꿉놀이 수준을 벗어난 연애가 처음이었고, 레몬도 그랬다. 나와 레몬은 사사건건 부딪치고 싸워댔지만 한 번도 서로의 연적이었던 적은 없었다.

그러니 재난은 예정된 것이나 마찬가지였다.

― 레몬. 제발 경아를 만날 때, 나한테 그 감정들 쏟아내는 거 안 하면 안 돼? 진짜 미치겠어. 스트레스받는다고.

― 넌 안 그러는 줄 알아? 알아서 차단해. 무의식 아래로 처박히라고.

내가 류경아를 독점할 수 없다는 사실까지는 어떻게든 납득했다. 설령 나와 레몬이 샐리라는 하나의 몸으로 묶이지 않았더라도, 류경아와의 관계를 위해서는 독점하지 않는 사랑의 방식을 배워야 했을 것이다. 설령 류경아가 안 보이는 데서 새로운 파트너를 만든다고 해도, 속은 좀 쓰리겠지만 받아들일 수 있었다. 하지만 내가 사랑하는 사람이 나를 사랑하는 동시에 나의 타자아를 동시에 사랑하고, 그 타자아가 나에게 끊임없이 자신의 복잡한 감정과 연애의 순간들을 무의식중에 흘려보내는 이 상황은, 도저히 감당할 수 없는 것이었다. 나를 바라보던 류경아의 다정한 시선이 똑같이 레몬을 향할 때. 그것을 레몬과 감각을 공유하며 보아야 할 때. 아니, 심지어 레몬에게 향하는 시선에 더 깊은 감정이 담겨 있다고 느낄 때. 그럴 때면 감각을 차단하는 방법을 알고 싶었다.

　레몬은 레몬대로, 나보다 더 큰 혼란에 빠졌다. 그 애는 류경아와의 관계 속에서 원래도 스스로에게 느끼던 성 불일치감 외에도 온갖 혼란을 경험하고 있었다. 그러니까 이런 고민이었다. 류경아는 여성을 사랑하는 건가? 레몬 자신이 스스로를 남성으로 여기는 상황에서도 관계는 지속될 수 있을까? 아무튼 그런 상황에도 레몬은 여성의 신체를 가졌고, 그 사실을 편안하게 받아들이는 타자아가 존재하는데, 류경아는 이걸 어떻게 생각할까? 레몬이 의식을 점령할 때면 그 복잡한 고민들은 단지 심리적 고통만을 초래하는 것이 아니라 물리적인, 신체적인 고통을 유발했다. 폭풍처럼 휘몰아치는 불안, 우울감, 무기력, 공포가 무의식에 숨어 있던 나를 끄집어 올려 맨 바닥에 내팽개치는 것 같았다.

―류경아랑 헤어지고 왔어.

―뭐? 너 미쳤어?

―이건 지속 못 해. 정신 나간 짓이야. 우리 둘 다, 처음부터 시작도 하지 말았어야 했다고.

―야, 지금 누구 마음대로…….

그 사건은 내가 레몬을 불신하게 된 결정타였다. 루피너스에 도착한 직후 레몬은 도저히 이 고통스러운 연애를 지속할 수 없다는 독단적인 판단으로 류경아에게 이별을 통보한 다음, 나까지 류경아를 못 만나도록 방해했다. 레몬은 일방적인 통보를 한 다음 날부터 열두 시간씩 울기 시작했고, 내가 의식을 강제로 전환하려고 하면 미친 사람처럼 소리를 질렀다. 결국 호텔방까지 찾아온 류경아가 레몬을 하루 종일 설득한 끝에 우리는 다시 예전의 관계로 돌아가기로 했지만, 나는 더 이상 레몬을 믿을 수 없었을뿐더러 더는 그 애가 퍼붓다시피 하는 불안의 감정에 휩쓸리기 싫었다.

처음부터 다시 생각해보기로 했다. 무슨 짓을 해도 바꿀 수 없는 조건은, 레몬과 내가 샐리라는 하나의 몸을 공유해야 한다는 것이다. 어쩌면 셀븐에서는 자아가 타자아를 살해하는 사건이 이미 많이 발생했을지도 모른다는 생각이 들었지만……. 어쨌든 그건 선택지가 되지 못했다. 그럼 바꿀 수 있는 건 뭘까. 나는 셀븐에서 종종 셀븐인들이 자아 간의 합리적인 통합에 실패했을 때, 분리 시술을 하기도 한다는 것을 책에서 읽어 알고 있었다. 각각의 자아가 서로에게 영향을 끼치지 못하도록 하는, 말 그대로 고유한 자아로 분리되어 살아가도록 하는 시술이었다. 만약 그걸 하면 레몬은 더 이상 불쑥 말을 걸어오지도, 자신이 느끼는 고통을 마구 나에게 보내지도 않을 것이다. 반대 방향으로도 되지 않을 것이다. 레몬도 내가 제발 그만하라고 화를 내거나 불평하는 일에 이미 질려 있을 터였다. 분리한다고 해서 자아 간의 대화가 불가능한 건 아니다. 개인 디바이스로 편지를 남기든, 메모를 하든 방법은 충분히 있다. 지금처럼 수시로 전환을 하는 것이 아니라 하루의 시간을 딱 맞게 나누어 쓸 수도 있을 것이다. 그러면 오히려 우리는 지구인적인 의미에서 '친구'가 될 수 있을지도 모른다.

거기까지 생각하고 보니 레몬과 내가 서로의 삶을 너무나 침범하며 살아왔다는 생각이 들었다. 어떻게 그럴 수 있었을까?

미룰 이유가 없었다. 루피너스에서 갈 수 있는 몇 안 되는 병원을 물색하고, 상담 전화를 하는 동안 레몬은 아무 말이 없었다. 화를 내는 기색조차 없었기에, 나는 레몬이 이 분리에 동의한다고 생각했다. 불쾌함을 느낄 수는 있겠지만, 적어도 날 방해하지는 않을 것이라고 생각했다.

―날 그냥 이 구덩이에 처박아놓고 싶은 거겠지.

레몬이 그런 반응을 보일 줄은 정말 몰랐다.

*

―레몬, 나랑 이야기 좀 해. 그만 피하고.
―…….
―네가 뭘 오해한 것 같은데, 분리 시술을 하자는 게 널 버리겠다는 의미는 당연히 아냐. 어차피 우린 한 몸이고, 네 불행은 나에게도 영향을 미쳐. 앞으로도 최선을 다해서 널 도울 거야. 그래도 도저히 이런 방식으로는 못 하겠어.
―이런 방식이 뭔데?
―그냥, 이런 거. 이 모든 것들.
―…….
―우리가 너무 가까이 있는 거. 떨어질 수 없고, 내가 하는 일들을 네가 모두 읽고, 또 네가 생각하는 것들이 나에게 마구 흘러들어오는 거.

―그럼 네가 무의식 아래로 더 깊이 들어가면 되잖아. 네가 날 자꾸 엿봐서 그런 거잖아.

―네 감정이, 네 불안과 우울이 나에게 수시로 밀려들고, 아무리 감각을 끊어내고 싶어도 네가 보는 장면이 나에게는 너무 선명해. 노력했어. 그런데 지금까지 해결이 안 됐잖아. 레몬, 네 고통을 이해하지만 그걸 내가 똑같이 겪어야만 하는 건 아니야. 우리 각자가 지탱할 몫이 있고, 각자가 감내할 몫이 있다는 거야.

―내 고통을 이해한다고?

―레몬.

―넌 네가 샐리라고 생각하지? 그거 알아? 내가 아니었으면 넌 류경아를 만나지도 못했어. 걘 우릴 사랑하지도 않았을 거고, 우리 존재를 아예 알지도 못했을 거야. 나도 이 삶에 지분이 있어. 네가 마치 샐리인 척 굴지 마. 넌 샐리의 일부일 뿐이라고.

―대체 무슨 소리를 하는지 모르겠다. 난 그렇게 말한 적이…….

―지금 '내 삶에서 꺼져'라고 말하는 거잖아!

―계속 말하고 있지만, 그게 아니야. 그냥 거리를 두자는 거야. 서로의 삶을 지키면서 침범하지 말자고. 애초에 이게 필요하지 않았다면 왜 셀븐인들이 분리 시술을 발명했겠어?

―…… 우린 셸븐에 가본 적도 없어.

―레몬, 나에게 넌 타자아로서 소중한 존재야. 우린 좋은 친구가 될 수 있어. 이렇게 파괴적이지 않은 방식으로도 충분히.

―넌 날 소중히 여기지 않아. 우리는 지구인들처럼 친구가 될 수 없어. 애초에 지구인처럼 태어나지 않았으니까.

나는 레몬의 말에 대해 한참 동안 생각한다. 레몬과 나의 불행은 우리가 독립적 개체일 수 없다는 점에서 비롯한다. 우리는 친구일 수도 가족일 수도 없다. 왜냐하면 그 관계들은, 모두 개별 개체에 깃든 독립적 자아를 가정하는 지구에서 생겨난 것들이니까. 그럼 우리는 대체 뭘까.

―그래. 널 타자아로서 사랑하고 싶어서, 평생동안 노력해봤지만 잘 안 됐어. 미안해. 그렇지만 널 증오하지도 않아. 그냥…… 나와는 너무 다른 존재인 너를, 이렇게 가까이에 계속 둘 자신이 없어.

레몬은 대답이 없었다.

*

이번에는 정말로 분리에 대한 합의를 거쳤다고 말하자, 의사는 레몬을 불러내서 시술을 잘 이해하고 있는지 몇 가지 질문을 하고는 허가서에 도장을 찍어주었다. 의사는 우리에게 한 달 치의 통합-정신조절제를 처방해주었다. 분리 시술을 받기 위한 절차였다. 조절제를 먹기 시작하면 자아가 서로를 침범하는 일이 줄어들 것이라고 했다. 시술 준비 과정에서의 주의할 점과 시술 이후의 부작용에 대한 긴 설명이 이어졌다. 사실 지구인인 의사가 이 시술이나 셀븐인의 자아 상태에 대해 잘 알 것 같지는 않았고, 그도 단지 매뉴얼을 읽어주는 것처럼 보였다. 의사는 조절제를 먹는 동안 절대로 강제 전환을 하거나 한 자아가 다른 자아를 찍어 누르는 일이 없게끔 주의하라고 했다.

"그랬다간 치명적인 문제가 발생할 거예요."

통합-정신조절제는 처음에는 효과가 없었다. 나는 여전히 레몬의 불안과 우울에 마구 휩쓸리면서, 의사가 우리를 단념시키려고 대충 아무 약이나 처방한 게 아닐까 의심했다. 하지만 복용한 지 일주일이 지나고, 한 달에 가까워지자 예전보다 감정 상태가 많이 안정되어갔다. 레몬도 의식 위에 있을 때 멍하니 시간을 흘려보내거나 하는 일이 줄었다. 내가 류경아를 만나고 있을 때 불쑥 레몬이 튀어나오는 일도, 레몬과 류경아가 시간을 보낼 때 그 감정이나 감각이 무의식중에 있는 나를 괴롭히는 일도 점점 줄었다.

의식 전환은 오히려 더 매끄러워졌다. 예전에는 그 애가 마구

잡이로 내 의식에 끼어들거나, 혹은 내가 레몬에게 그러는 경우가 잦았다. 그럴 때마다 우리의 자아는 충돌했다. 하지만 조절제를 먹으면서부터는, 그리고 분리 이후에는 끼어들기식의 전환이 불가능했으므로, 우리는 철저히 사전 합의에 따라 전환을 했고 특히 일을 할 때 그 결정은 꽤나 유용했다. 이제야 비로소 모든 게 제대로 돌아가고 있었다.

분리 시술을 준비하고 있다고 류경아에게 말한 건 조절제를 먹은 지 거의 한 달이 지났을 무렵으로, 그때는 나도 레몬도 둘 다 시술에 대한 확신이 섰을 때였다. 류경아는 나와 레몬 사이에 있었던 갈등과, 한 연인을 둔 두 자아로서 경험하는 고통과, 서로의 영역을 지키며 함께 살아가기 위한 결정에 대한 이야기를 듣고는 고개를 끄덕였다.

"그래. 그건 너희 선택이지. 하지만…… 그게 최선인지는 모르겠어. 이건 비가역적인 시술이잖아. 돌이킬 수 없어. 후회하지 않을까?"

나는 레몬과 도저히 분리될 수 없었던 지금까지의 삶에 대해 생각해보았다. 그리고 레몬과 조금 떨어져서, 그 애를 독립적 존재로 간주할 수 있는 이후의 삶에 대해서도 생각해보았다.

"괜찮아. 거리를 두는 거야. 모든 지구인들이 서로에 대해서 약간의 거리를 두잖아. 우리 사이에도, 딱 그 정도만 더하는 거야."

그렇게 말하면서, 나는 레몬이 내 말에 동의하는지 궁금했다. 이제는 그 애의 흘러 넘치는 생각을 느낄 수 없었다.

*

해안 절벽 아래에 산호초를 닮은 생물들이 서식하는 복잡한 생태계가 있었다. 루피너스의 바다 대부분은 지구인들이 매우 낯설게 여길 만한 생물들로 가득 차 있었는데, 그 지역만은 지구의 열대 바다와 같은 느낌이었다. 요제프는 그곳에서 몇 세기 전 이미 사라져버린 산호초 바다를 그리워하는 사람들의 마음을 건드릴 장면을 얻을 수 있을 것이라고 생각했다. 한편 류경아는 너무 아름답고 평화로워 보이는 풍경을 담는 것에 거부감이 있었는데, 촬영팀 중 누구도 혹시라도 사람들이 몰려와서 이곳을 관광 행성으로 만들어놓는 것을 원하지 않았기 때문이었다. 어쨌든 요제프와 류경아는 그건 편집 과정에서 차차 생각해볼 일이고, 이 생태계 풍경을 놓치기에는 아깝다는 합의에 도달했다. 그리고 오늘은 바로 그 유사-산호초 생태계의 촬영 날이었다.

해양 생물들을 놀라게 하거나 방해하지 않기 위해, 나와 류경아, 두 사람만이 내려가기로 했다. 오랜만에 꽤 깊은 곳까지, 긴 시간 잠수하는 일이었으므로 실수가 없어야만 했다. 나와 레몬은 사전에 전환 포인트를 모두 합의했다. 입수부터 촬영 포인트까지는 레몬이, 턴해서 다시 돌아오는 길부터는 내가. 그리고 절대 서로의 차례에 끼어들지 않기로.

장비를 다 갖추고 어깨를 스트레칭하던 류경아가 고개를 살짝 끄덕였다.

"자, 출발하자."

레몬이 의식 위로 올라갔고 나는 무의식 아래로 내려갔다. 일을 하는 동안은 절반 이상은 감각을 개방해야 했다. 그래야 적절한 타이밍에 전환할 수 있었다. 레몬이 의식을 주도하는 동안 내가 감각을 개방하는 건, 레몬의 눈과 레몬의 귀로 세상을 받아들이는 것과 비슷했다. 그건 솔직히 말하면 평소에는 그다지 하고 싶지 않은 일이었다. 레몬의 마음은 언제나 작은 요동으로 가득해서 나는 멀미 비슷한 것을 자주 느꼈다.

레몬은 정말 잘 움직였다. 나도 물속에서는 누구에게도 핀잔을 들어본 적이 없긴 했었지만, 류경아가 왜 그렇게 레몬과 나의 차이를 한눈에 알아봤는지 알 수 있을 정도로 레몬은 더없이 편안하고 자유롭게 헤엄쳤다. 레몬이 가이드하고, 류경아가 따라왔다. 류경아도 지구인으로서는 꽤 뛰어난 편이었지만, 아무래도 셀븐인의 신체를 따라갈 수는 없었다.

촬영은 순조로웠다. 레몬은 유사-산호초 생물 사이를 돌아다니는 류경아를 밀착 촬영했고, 또 조금 떨어져서도 찍었다. 류경아도 카메라를 들고 루피너스의 생물들을 관찰하다가 휙 돌아서 레몬을 영상에 담았다. 카메라와 카메라가 마주 보는 순간도 많았다. 이곳의 생물들은 대체로 정적이어서, 꾸벅꾸벅 졸듯이 물의 흐름을 따라 작게 흔들릴 뿐이었다. 초콜릿 도넛도, 돌멩이도 모두 여기에 있었는데, 저 위에서는 파티라도 열린 것처럼 요란을 떨어대던 녀석들도 여기서는 낮잠을 자는 것처럼 조용했다. 마치 고요의 마법이 모든 생물들을 잠재운 것 같았다.

하지만 이 아름답고 정적인 풍경을 보는 동안, 레몬의 마음속은 점차 슬픔과 혼란으로 채워지고 있었다. 무의식 아래 있던 나는 움찔했다. 레몬은 무슨 생각을 한 걸까.

―지금 전환할게.

나는 전환할 준비를 했고 레몬이 무의식 아래로 내려오는 것이 느껴졌다.

나는 류경아와 수신호를 주고받았고, 촬영이 끝났다고 판단했다. 마지막으로 수평으로 이동하는 류경아를 뒤따라 헤엄쳤다. 류경아는 레스큐 로봇의 위치를 다시 찾아 그 선을 따라 올라가려는 것 같았다.

그 순간 무언가가 우리를 후려갈겼다.

시야가 까맣게 변하고 단단하고 날카로운 것들이 퍽 하고 온

몸을 치고 지나갔다. 입에서 피 맛이 느껴졌다. 비명을 지를 뻔했다. 무슨 일이 일어난 거지? 류경아는?

─*저쪽으로 가!*

레몬이 소리를 질렀다. 지금 내가 의식 위에 있다는 것을 뒤늦게 깨달았다. 내가 움직여야 한다. 하지만 몸이 마음대로 움직이지 않는다. 어디가 부러지기라도 한 걸까, 하필이면 지금…….

─*그 방향이 아냐. 저쪽이라고!*

나는 물거품을 토해내며 온몸을 회전했다. 우릴 치고 간 거대한 외계 생물이 보였다. 요제프가 말한, 새까만 바위 같은 생물. 하지만 그쪽에도 류경아는 없었다. 나는 류경아의 고글이 물속을 떠다니는 것을 목격했고 극도의 불안감에 휩쓸렸다. 안 돼, 제발, 류경아가 어디 있는지 알려줘. 눈앞에는 검푸른 물의 덩어리가 보였다. 나는 한 번도 바다가 그렇게 공포스러웠던 적이 없었다.

─*전환해. 내가 할게.*

─*전환이 안 돼!*

─*제발, 조종키를 좀 놔.*

나는 속으로 비명을 질렀다. 이런 상황에서 전환해본 적이 없었다. 심장이 미친 듯이 뛰고, 패닉 상태가 되고, 사랑하는 사람을 잃을 위기에 처했을 때. 내가 의식 위에 있지만 내 마음대로 되는 것이 아무것도 없을 때. 이럴 때는 전환이 되지 않는다는 걸, 누구도 나에게 말해준 적이 없었다.

—도와줘, 어떻게 하는 건지 모르겠어…….

—비켜, 이 멍청아!

레몬이 나의 의식을 말 그대로 파고들었다. 나는 머리가 쪼개지는 것 같은 통증을 느꼈다. 통증은 머리에서 출발해서 신경 말단까지, 나의 모든 근육과 뼈를 침범했다.

아득한 무의식의 세계로 나는 추락했다.

*

"기다려야 합니다. 그 방법밖에 없어요."

레몬은 깨어나지 않았다. 강제 의식 전환을 당한 것은 나였는데 왜 사라진 건 레몬인지, 나는 도저히 납득할 수 없어 의사에게 한참 따졌다. 하지만 그런다고 해서 내가 패닉에 빠져 전환을 못 했다는 것이, 나와 류경아를 구하기 위해 레몬이 강제 전환을 한 사실이 변하지는 않았다.

레몬이 의식을 강제로 전환한 이후 어떻게 움직였고 류경아를 어떻게 찾아냈는지 나는 전혀 기억하지 못했다. 블랙아웃을 당한 것처럼, 나는 물속에서 기억이 끊겨버렸다. 의사는 그 덕분에 내 자아가 지금 멀쩡한 것이라고 했다. 강제 전환 직후의 정신적 충격을 레몬이 혼자 다 받아낸 것이다. 병원 모니터에서 흘러나오는 바다 영상만 봐도 몸이 덜덜 떨려와서 나는 영상을 전부 꺼버렸다. 강제 전환은 통합-정신조절제를 먹고 있던 샐리의 뇌에 치명적인 부작용을 초래했고, 물 위로 올라온 이후 레몬은 어둠 깊은 곳으로 사라졌다.

의사는 레몬을 다시 불러낼 방법은 오직 기다리는 것뿐이라고 했다. 레몬이 완전히 없어진 것은 아니라고, 무의식 깊은 곳에서 레몬의 존재를 감지할 수 있다고 말했다. 하지만 지구인 의사의 말을 어떻게 믿겠는가? 나는 루피너스의 끔찍하게 느린 도서관 네트워크에 접속해 셀븐인의 전환 부작용 사례에 대해 모두 찾아보았다. 의사의 말이 맞았다. 기다리는 것 외에, 내가 할 수 있는 일은 없었다.

물 아래에서의 일을 기억하지 못하는 건 류경아도 마찬가지였다. 류경아는 바위인 줄 알고 딛고 섰던 것이 사실은 거대한 생물이었고, 그 생물이 자신을 공격한 것까지만 기억했다. 보트 위에서 대기 중이던 스태프들은 샐리가 류경아를 데리고 수면 위로 올라왔을 때 이미 샐리에게 의식이라는 것이 거의 없다시피 했다고 말해주었다. 레몬이 사라졌다는 사실을 안 류경아는 충격에 거의 며칠 동안 말을 잃었다. 충격받은 건 나도 마찬가지였다. 레몬의 부재, 그건 내가 그토록 원해온 일이 아니었던가. 하지만 이건 내가 원한 일이 아니었다.

왜 레몬이 나를 떠나면 후련할 줄 알았을까.

나는 멍한 상태로 병원에서 시간을 보내고, 면회실에서 류경아를 만나고, 인지 치료를 받고, 잠을 잤다. 그 시간 동안 나는 나를 완전히 떠나 있는 것 같았다.

더는 옆에서 말을 걸어오는 사람이 없었다. 전환할 사람도 없었다. 내가 눈을 감으면 그냥 샐리도 눈을 감는 거였고, 내가 잠을 자면 샐리도 완전히 잠들었다. 그 사실을 견디기가 힘들었다. 레몬이 사라지면 내가 그 자리까지 차지하게 되는 것이 아니었다. 우리는 그냥 둘이었기 때문에, 그래서 샐리라는 두 사람분의 세계에 딱 들어맞는 것인지도 몰랐다.

퇴원한 이후 처음으로 혼자 샤워를 하고 거울 앞에 섰는데, 느낌이 이상했다. 레몬과 함께 있을 때 나는 샐리이면서도 때로는 샐리 바깥에서 나 자신을 지켜보곤 했다. 그 애는 자신을 편안하게 받아들일 수 없었고, 그래서 더 최선을 다해 자기 자신을 관찰했다.

샐리의 몸에서 문득 이질감이 느껴졌다. 왜 이 몸은, 이런 근육과 뼈를 지녔을까. 가슴이 여기에 붙어 있는 것이, 몸이 이런 형태의 굴곡을 이루는 것이, 전부 어색했다.

그 애는 왜 바다 깊은 곳을 좋아했을까.

아무도 나를 보지 않는 곳. 내가 어떤 존재인지 신경 쓰지 않는 곳. 아무도 나에게 너는 왜 그런 존재냐고 묻지 않는 곳. 그곳에 사는 생물들에게 나는 그냥 거대한, 혹은 조그마한 외계 생물체일 뿐인…… 그런 곳이어서.

그 사실이 편안해서.

아마 그래서였을 것이다.

*

모두에게 열흘의 휴가가 주어졌다. 요제프와 스태프들은 가까운 인공 거주구에 들르거나 루피너스의 달을 보고 오겠다며 자리를 비웠고, 류경아와 나만 루피너스에 남았다. 우리는 오랜만에 카메라 없이 바다를 헤엄쳤다. 그 사고 때문에 물에 대한 공포가 남아 있으면 어쩌나 걱정도 했지만, 햇살이 환히 비추는 바다를 보는 순간 두려움은 사라졌다.

같이 시간을 보내는 동안 류경아는 즐거워 보이다가도, 갑자기 훌쩍훌쩍 울다가 또 오열하곤 했다. 의사는 시간이 지나면 반드시 레몬의 자아가 회복될 것이라고 말했다. 달리 말하면 별다른 기약이 없다는 이야기였다. 류경아는 레몬이 곧 돌아올 것처럼 말하다가도 어쩌면 돌아오지 못할 수도 있다는 생각에 불안해했다.
　나는 류경아가 나와 레몬 중 누구를 더 좋아하는지, 혹시 레몬을 더 좋아하는 건 아닌지 고민하다가 거의 돌아버릴 뻔했던 전적이 있었기 때문에, 지금까지 레몬을 향한 류경아의 마음을 깊이 고민해본 적이 없었다. 중요한 문제이지만 일부러 회피해온 셈이었다. 하지만 상황이 이렇게 되니 알 수밖에 없었다.
　류경아는 정말로 우리를 각각의 독립적인 존재로 사랑했다. 나는 레몬을 대체할 수 없었다. 레몬이 나를 대체할 수 없는 것처럼.
　"나도 레몬을 가깝게 여겼나 봐. 그냥, 싫기만 한 줄 알았는데. 마음 한구석을 도려낸 것처럼 허전해."
　"거봐, 너흰 닮은 구석도 엄청 많고, 이미 좋은 친구잖아."
　"그래도 그 말은 듣기 싫어. 레몬과 내가 어딜 닮았어?"
　"딱 보면 그런 걸 어떡해. 한 몸으로 평생 살아오면서 결국 서로를 닮게 된 거야. 둘이 여태 원수인 게 이상했지."
　"아아, 정말……."
　"이제 인정해야 해."
　류경아가 훌쩍거리면서도 장난스레 웃었다. 그 모습이 바보 같고 안타깝고, 또 예뻐 보여서 나는 아주 가까이서 류경아의 눈을 들여다보았다. 깜빡이는 눈에 아직 눈물이 맺혀 있었다. 눈

꼬리가 접혔고, 말랑한 입술이 내 입에 닿았다.

—진짜, 꼴 보기 싫어 죽겠다.

"레몬!"

내 목소리에 류경아가 깜짝 놀라며 물러났다. 그러고는 여전히 눈물이 맺힌 눈으로 나를 와락 끌어안았다. 내가 볼멘 목소리로 중얼거렸다.

"나 아직 라임인데."

"그냥. 둘 다 너무 좋아서."

*

의사는 원한다면 우리에게 다시 약을 처방해주겠다고 했다. 나는 고민했지만, 일단은 보류하기로 했다. 여전히 레몬과의 삶이 편안하게 느껴지는 건 아니었다. 하지만 모든 일을 다 편안한 상태로 만드는 게 옳은 건지도 검토해볼 문제였다.

"나중에 이 촬영이 끝나면 셀븐으로 가볼래?"

"셀븐으로? 그렇게 멀리?"

나는 류경아의 말에 놀랐다. 아주 멀리 있는 곳. 그래서 우리가 태어난 장소이지만 한 번도 가볼 생각을 못 했던 행성.

"그래. 아마 그때까진 한참, 적어도 몇 년이 걸리겠지만, 가는 경로에 촬영 루트를 짜보면 어떨까 싶어서. 셀븐에 가보면, 뭔가…… 배울 수도 있지 않을까. 뭘 꼭 배워 와야 한다는 건 아니야. 하지만 나와 비슷한 사람들을 만나는 건, 언제나 도움이 되니까. 정말 그렇거든."

류경아는 꼭 자신이 그런 경험을 해본 사람처럼 말했다. 나는 사진으로밖에 본 적 없던 셀븐의 모습을 생각했다. 지구보다도 훨씬 많은 면적이 바다로 뒤덮여 있는 그곳에는 우리와 비슷한 사람들이 살고 있다. 우주 어딘가에는, 그런 세계도 있다. 그 생각을 하는 것만으로도 기분이 이상해졌다. 울렁거렸다.

"응, 좋아. 셀븐에 가자."

아주 오랜만에, 지금 이 순간 레몬이 나와 같은 생각을 하고 있다는 걸, 그냥 알 수 있었다.

깊은 바다는 두려운 곳이라고만 생각했다. 나를 짓누르고 압박해오는 거대한 물의 덩어리라고.

지금 나는 바다 아래로 수직강하하는 레몬의 감각을 느끼고 있다. 무의식 아래에서 잔뜩 긴장하며 레몬에게 감각을 포갠다. 물이 점점 무겁게 눌러오지만 레몬은 망설이지 않는다. 그 애에게 이곳은 편안한 장소, 원래 자신이 있던 곳과도 같다.

의식 위에 있는 레몬에게 나의 감각을 모두 맡기는 것은 처음이었다. 그 애의 세계는 정도의 차이가 있을 뿐 언제나 조금씩 혼란스러워서, 나는 레몬에게 휩쓸리는 것을 늘 두려워했다.

처음으로 온전히 개방한 나의 자아 안쪽으로 레몬의 세계가 파고든다.

그 세계는 잔잔한 슬픔과 외로움으로 가득 차 있다. 하지만 반짝이는 것들도 있다. 나는 그 세계의 슬프고 반짝이는 것들이 나에게로 건너오기를 기다린다.

오렌지색 리본 생물체가 레몬을 휙 스쳐 지나간다. 레몬은 리본 생물체를 따라 빙글빙글 원을 그리며 돈다. 그 동그란 움직임을 따라, 나는 흘러들어오는 레몬의 감정 위에 나의 감각을 포갠다.

또다시 아래로.

검푸른 물의 세계가 우리를 압도한다. 광활한 공간 속에서 오직 우리만이 바다를 마주하고 있다. 나는 이 거대한 외로움을 마주하는 것이 두려웠었다. 하지만 레몬은 진작 알고 있었던 것이다. 이 외로운 세계가, 그렇기에 얼마나 자유로운지.

― 네가 여길 왜 좋아하는지 이제 알겠어.

레몬은 내 말에 픽 웃었다.

그리고 부드럽게 한 바퀴를 돌고는, 고요한 물속을 가로질렀다.

작가 노트

 어느 날 본 해양 다큐멘터리에서, 수많은 수생 생물들 사이를 다이버가 유유히 헤엄치고 있었다. 그는 바다에 속한 존재가 아니고, 바다에 오래 머물 수 없다. 그렇지만 바다에 있는 순간만큼은 자신이 어떤 존재인지를 잊어도 괜찮을지 모른다. 아니면, 자신과 이들이 완전히 다른 존재라는 점만을 의식하거나.
 나를 구성하는 수많은 요소 중에 어떤 것들은 대부분의 경우 무의식에만 머무른다. 하지만 또 어떤 것들은, 끊임없이 수면 위로 올라와 '너는 이런 존재야' '너는 이런 정체성을 지녔어'라고 보글보글 거품처럼 속삭인다.
 SF를 쓸 때 나는 늘 인물들에게 완전한 자유를 주고 싶은 마음과 너무 멀리 떠나보내고 싶지 않은 마음 사이에서 흔들리는

데, 이 소설도 그 사이 어딘가에서 쓰였다.

김초엽

소설집 《우리가 빛의 속도로 갈 수 없다면》, 장편소설 《지구 끝의 온실》 등이 있다.

큐큐퀴어단편선 4 《팔꿈치를 주세요》
독자 북펀드에 참여해주신 모든 분께
감사의 마음을 전합니다.

감민지	공영배	김나영	김새연	김유정
강가람	곽기욱	김나현	김서연	김유진
강나현	구 유	김다예	김석영	김윤정
강남규	구정은	김단비	김선우	김윤희
강다희	구해빈	김도영	김선형	김윤희
강소희	구현서	김도혜	김선희	김은비
강수민	국동완	김동리	김성환	김은비
강연지	권령현	김로사	김소운	김은정
강유리	권미지	김명신	김수연	김은정
강은수	권민성	김명지	김수정	김은지
강지희	권소연	김민경	김수정	김인숙
강필현	권신주	김민영	김수진	김인정
강혜원	권예림	김민정	김수진	김재미
강효민	권유진	김민정	김수현	김재숙
강희원	권혁미	김민지	김승후	김재하
강희원	권효경	김민지	김아람	김정아
고민재	김가연	김민지	김아름	김정윤
고아라	김건형	김민형	김연화	김정화
고유진	김경민	김밝음	김영은	김주영
고은별	김경화	김보경	김영현	김주희
고은주	김광옥	김보라	김예린	김준희
고은혜	김규철	김보람	김예진	김지민
고종미	김기홍	김보람	김유강	김지선
고현아	김나연	김상훈	김유나	김지언

248

김지연	노상우	박세권	박혜인	손지혜
김지연	노아람	박세연	박혜정	손채린
김지영	노진경	박세윤	박혜지	송석하
김지우	노태훈	박소정	방예진	송선화
김지희	노혜윤	박솔재	방윤영	송수연
김진아	도연수	박수아	방지선	송애경
김진주	라유경	박수연	배예지	송원빈
김채원	류가희	박수진	배우미	송하늘
김태연	류다현	박시연	배정한	송해주
김푸른	류연진	박유나	배정호	신문영
김하성	문송희	박유림	배현숙	신수연
김한슬	문종현	박윤하	백강수	신승철
김향경	문지현	박은경	백은솔	신아연
김현경	문혜민	박은정	백인초	신유진
김현서	민세림	박이슬	백종륜	신은재
김현아	민윤지	박재연	백지혜	신정원
김현진	박가현	박재연	변지은	신주연
김혜민	박강민	박재영	사정현	신지숙
김혜원	박나래	박주연	서미라	신지윤
김혜진	박다선	박주희	서수진	신지은
김호정	박다솜	박지민	서유선	신현경
김효원	박다솜	박지민	서유진	심완선
김효정	박명주	박지애	서채영	심유정
김희령	박명후	박지윤	서휘원	안건희
김희진	박미현	박지은	석수경	안예라
나순현	박범현	박지현	선희영	안정은
나하나	박병우	박지형	설혜현	안지원
나혜린	박보람	박진솔	성민지	안진우
남솔지	박서라	박진형	성스러운	안혜진
남예린	박서련	박채현	손민정	양나래
남정연	박서정	박하늘	손시은	양도현
남지은	박선경	박현주	손유희	엄영란

연혜원	윤소연	이서연	이우린	이지혜
염수민	윤 솔	이서우	이유리	이지혜
오미순	윤슬기	이서윤	이유진	이지훈
오민애	윤여준	이서현	이윤지	이진경
오승희	윤여진	이선아	이은결	이진영
오유진	윤완영	이선영	이은결	이진우
오윤주	윤원영	이선준	이은미	이진현
오은교	윤은수	이성미	이은정	이하나
오재은	윤은지	이성희	이은지	이하린
오혜민	윤정은	이세연	이은진	이한솔
옥우진	윤태은	이소망	이재의	이향애
옥지연	윤해수	이소영	이재훈	이현규
우연경	윤혜진	이소현	이 정	이현서
원호정	윤 희	이소희	이정아	이현지
유민정	이가연	이수빈	이정옥	이혜란
유빈나	이건국	이수연	이정은	이혜인
유성현	이경민	이수영	이정은	이혜지
유소정	이경선	이수영	이정훈	이혜현
유수경	이경진	이수현	이종산	이화영
유수민	이난초	이순옥	이종윤	이효선
유수빈	이누리	이순이	이종현	이효연
유승진	이루리	이슬기	이주연	이희연
유영서	이미경	이슬기	이주영	이희진
유윤진	이미애	이슬비	이주행	인 수
유재민	이민경	이승현	이주희	임경진
유지혜	이민자	이아령	이준영	임미영
유채영	이민주	이아름	이지선	임민영
유채원	이민주	이아름	이지선	임상미
유형기	이보람	이연우	이지수	임수지
유혜수	이보배	이연지	이지연	임수현
유혜진	이보현	이예림	이지오	임수현
윤선주	이상우	이예진	이지혜	임승희

임아현	정슬아	조현주	최원호	허예지
임용원	정연주	조현지	최유리	형지현
임정현	정원경	조현진	최은별	홍기돈
임지영	정유라	조혜미	최은하	홍서연
임지혜	정인영	주나현	최재혁	홍수영
임진아	정인화	주성국	최종윤	홍승희
임현경	정자현	주지원	최주은	홍아름
장선주	정재은	지동섭	최주찬	홍예진
장유경	정지수	지수옥	최준석	홍은선
장유진	정지영	지아영	최지원	홍준희
장은혜	정하연	지애영	최지원	홍진영
장하나	정해리	지현아	최진영	황다솜
장현정	정현영	진성희	최한솔	황민정
전기화	정현지	차연지	최현진	황세민
전다영	정희우	채지수	하소진	황승선
전승민	제선영	채지안	하연화	황아현
전승우	조가비	천다민	하혜민	황예지
전윤아	조나현	천정은	한민경	황용규
전은성	조민서	천혜민	한민정	HAEJIN CHO
전지윤	조민선	최누리	한봉희	Halla Ko
전지환	조민선	최문식	한연희	KIM KIRA HIJUNG
정나래	조민영	최새훤	한재경	TAKAGI KONOKA
정나영	조성진	최선우	한재현	
정남기	조승혜	최수민	한지숙	외 95명
정명화	조아영	최수현	한혜선	총 685명 참여
정미숙	조영경	최슬기	한혜인	
정민교	조영은	최연재	한홍비	
정선미	조우리	최영정	함나윤	
정소연	조은진	최예원	함석영	
정슬잎	조정원	최예시	허미숙	
정수민	조한길	최예진	허송이	
정수진	조현주	최온유	허수희	

팔꿈치를 주세요

2021년 9월 1일 초판 1쇄 발행

지은이	황정은 안윤 박서련 김멜라 서수진 김초엽
펴낸곳	큐큐
펴낸이	최성경
공동기획진행	이유나
편집	김잔섭

출판등록	2018년 6월 18일 제2018-000043호
주소	(04003) 서울시 은평구 갈현로5길 5-11
팩스	0303-3441-0628
이메일	qqpublishers@gmail.com
ISBN	979-11-964381-9-7 04810
	979-11-964381-0-4 (세트)

ⓒ 황정은 안윤 박서련 김멜라 서수진 김초엽, 2021. Printed in Seoul, Korea

책값은 뒤표지에 있습니다.
잘못된 책은 구입하신 곳에서 바꾸어 드립니다.